LETTRE

A JUAREZ ET A SES AMIS

PAR

FELIX PYAT.

LONDRES

1866

LETTRE A JUAREZ ET A SES AMIS.

Nous sommes vos frères par la cause et la race, par cette race dite latine qui veut l'unité du droit et de l'espèce, l'égalité humaine.

Vous êtes républicains, nous le sommes.

Vous êtes proscrits, nous le sommes.

Vous êtes ennemis de l'empire, nous le sommes.

Vous représentez le Mexique, nous avons représenté la France. Nous avons été, comme vous, élus du peuple, quand il était libre. La fraude et la force nous ont pris, comme à vous, notre mandat, mais non le devoir de le remplir. Nous avons dignement représenté la France en protestant contre la guerre de Rome. Nous ferons de même en protestant contre celle du Mexique.

La France n'est pas plus aux Tuileries que le Mexique chez Maximilien.

La France n'est pas sur le trône de la Majesté qui a voulu cette guerre, sur ce trône absolu, fondé par l'usurpation et occupé par la dictature.

Elle n'est pas davantage dans la presse qui a prôné cette guerre, dans cette prostituée en carte, trompette enrouée de cette guerre fratricide, dans ces complices autorisés, tolérés et timbrés, menteurs officiels et constitutionnels, dans ces journaux avertis et pervertis, suspendables et pendables, qui vérifient de leur mieux ce dicton de Judas : " La parole a été donnée à l'homme pour déguiser la pensée."

Elle n'est pas mieux dans le parlement qui a voté cette guerre, dans ce corps législatif, notez bien ce mot corps ! Il est pur-empire ; corps législatif, corps d'armée, corps vils et militaires, etc. Les mots disent les choses. Corps sans âme, pardon ! ayant leur âme au Louvre, belle âme, n'est-ce pas ? grande âme, une pour tous, ça suffit.

Non, certes, la France n'est pas là, dans ce *corpus*, dans cette tribune assermentée, cette représentation domestique, cette assemblée de famille passant du frère Morny au cousin Walewski, dans ces chambres honorées le 24 Novembre, on s'en souvient, par le même décret que les haras, dans ces chevaux... n'offensons pas les bêtes ! dans ces députés de manège et ce sénat d'écurie portant baillons, bridons et pompons de la maison. Nous ne parlons pas des hongres qui n'ont de bouche que pour le foin, et ne trottent jamais que contre le droit et la raison ; ni même des vicieux, aussi indociles qu'inconséquens, qui refusent aux autres le droit de changer de maître dont ils ont eux-mêmes changé au moins trois fois. Nous parlons des généreux et des honnêtes, trop honnêtes, hélas ! pour ne pas tenir à leur serment, trop généreux pour n'être pas dupes, disant à qui veut l'entendre que "l'empire est contrat, sa base vote, et son couronnement liberté ;" et s'attirant cette réponse de l'auteur, que l'empire est coup d'état, sa base discipline, et son couronnement "une volonté." Ne vous y trompez pas ! Excepté deux ou trois que la France reconnaît, c'est, comme en Angleterre, l'opposition de Sa Majesté, tous plus ou moins représentans de l'empire non de la France, députés de la fiction contre la vérité, avocats d'office de la gloire contre le droit, défenseurs du fort contre le faible, trop sages pour être factieux, mettant l'habileté avant le courage, la constitution avant la conscience, et plaidant pour l'honneur du drapeau, mais oubliant le drapeau de l'honneur.

Non, mille fois non, la France n'est pas là, chez ces fiers Bridoisons, pas plus enfin que chez les pauvres soldats qui meurent en faisant cette guerre. Malgré tous ces amis des formes et des couleurs, malgré robins et chauvins, c'est le cas où jamais de s'expliquer à fond, de dire là toute notre pensée sur l'honneur et le drapeau. Le drapeau n'est pas un mètre de soie pendu au bout d'une perche. L'honneur du drapeau est dans les principes qu'il représente et qu'il défend. Mais si au lieu de les défendre, il les combat, où est son honneur ? Il n'est pas dans la victoire, assurément. L'honneur est le dévoument de l'individu à l'unité. L'homme étant né sociable, et s'élevant à une vie collective de plus en plus grande, famille, cité, nation, race, humanité, etc., l'honneur d'un père est dévoument à la fa-

famille ; l'honneur d'une famille dévoument à la nation ; l'honneur d'une nation dévoument à l'humanité. Le drapeau de l'honneur est donc celui qui représente le mieux le sacrifice à l'unité.

En conséquence, distinguons bien, s'il vous plaît. Le drapeau de l'honneur, de l'unité, de la force pour le droit, le drapeau de la démocratie, de la révolution, de la France n'est donc pas le chiffon tricolore, taché de sang français et porté partout contre le droit des peuples, de Paris à Rome et de Rome au Mexique, par des corps d'armée ayant même âme que les autres corps de l'empire, mûs par les coups d'état, la conscription, le remplacement et la médaille, c'est-à-dire par l'intérêt et la contrainte, par le contraire du dévoument, par le contraire de l'honneur.

Ah ! les armées de la France, les libres et fortes armées de la république, les quatorze grandes armées de la convention, de la patrie en danger, les armées de '92, armée du Rhin, armée des Alpes, elles ne s'appelaient pas des corps, 1er, 2me, 3me corps ; elles n'étaient point des corps, des nombres, des hordes, des masses de réfractaires ou de mercenaires, d'automates—Vaucanson digérant et tuant, des mécaniques à meurtres, des machines infernales aux ordres d'un ange, il est vrai. Elles ne se battaient pas pour une croix. Elles ne portaient point dans les plis de leur drapeau calottes et couronnes, rosaires et menottes, les doubles chaînes des hommes, le rapt des enfans, l'inquisition et l'index, amulettes, escopettes, prêtres et princes et leurs amis les bandits. Elles élevaient, au lieu de trônes, des républiques à l'image de la leur. Soldats de Dieu a dit le poète ; soldats du droit, disons-nous ; soldats de la France, non d'un homme ; de la démocratie, non des rois ; soldats de l'honneur, non du ruban ; soldats citoyens, le peuple armé, volontaires ni vendus ni forcés, sans culottes, sans souliers, sans paie, sans pain parfois, mais aussi sans Waterloo ; soldats de la victoire, ayant envahi l'Europe pour l'affranchir, soldats de la patrie sauvée, soldats de la République enfin, ils n'ont pas laissé venir la lance du Cosaque à Paris, parcequ'ils lui opposaient la pique de la Liberté, parcequ'ils tenaient contre le drapeau de la tyrannie le drapeau de la révolution, le drapeau du dévoument, le drapeau de la France, le drapeau de l'honneur !

Ce drapeau sans trou ni tache, où est-il ? Son honneur est sauf. Vainqueur de l'ennemi, de Jemmapes à Zurich, il a disparu devant un parricide, le 18 Brumaire. Il n'a pas reparu le **2 Décembre**. Le drapeau de l'empire, l'honneur de l'empire, c'est différent. L'allié de l'Anglais a pu le voir à Windsor dans sa visite à la fille de Pitt et Cobourg. Il y a là aussi certain tableau qui représente un hussard noir dans un salon de Paris, 1815, tenant une femme française et mettant le verrou à la porte par devant un portrait de l'empereur. Tout l'honneur de l'empire est là. La France violée par l'étranger.

En effet, l'honneur impérial consiste à conquérir pour être conquis, à envahir pour être envahi, à abuser de la force pour subir le talion de la force, l'honneur à l'envers, la force contre le droit. Quelle gloire pour un géant de vaincre un nain et un nain qui a raison ! La vraie gloire alors est de se vaincre, comme a fait l'Espagne même à Saint Domingue, de reconnaître et réparer son tort, de ne pas joindre à la faute de l'attaque la lâcheté de la victoire, la honte de dompter la faiblesse et de triompher du droit. L'honneur impérial fait l'opposé, comme l'honneur payen, aigle et proie, combattant, conquérant, vivant de la guerre, lui élevant trophées et colonnes et se posant dessus modestement, en Dieu, pour changer l'inhumain en surhumain. Comme les buveurs de *haschisch*, il se croit supérieur aux autres parcequ'il est ivre, ivre de sang ! En vain le premier porte-croix lui montre que l'honneur chrétien, humain est le sacrifice d'un à tous ! Démagogie ! C'est le sacrifice de tous à un. En vain il réprouve l'épée. En vain la guerre est impie, excusable seulement en cas de légitime défense. Brigandage ! La guerre est sainte. Dieu est sabre, comme chez les Huns, et l'empereur son prophète, comme chez les Turcs.

Turquie, soit, et l'étendard à trois queues, non la France, ni son drapeau. Nous ne saurons trop le redire aux légistes et aux sabreurs qui nous traitent d'émigrés. L'émigré c'était la caste contre la France ; le proscrit c'est la France contre un homme. Nous ne pouvons trop appuyer là-dessus, vu le poids des préjugés et des intérêts de l'égoisme contre l'unité du droit et du genre humain. Mais force et succès ont beau faire ; quelle que soit son importance, matière n'est pas tout, corps n'est pas tout, fait n'est pas tout. Une nation n'est pas seulement un morceau de terre, pas plus que son drapeau un morceau de drap. L'immortel génie de la Grèce ne tient pas sous la botte du roi George ou Othon. L'esprit de la Bible ne git pas sous le pavé de la Mosquée d'Omar. Le cadavre, le squelette, oui, non l'âme, non la vie. L'empire a maintenant le corps de la France, et c'est beaucoup trop sans doute; mais ce n'est pas tout. Même pour les matérialistes et formalistes qui la possèdent à cette heure, la France n'est ni ne peut être seulement tant d'hectares de terre produisant tant d'hectolitres de blé pour nourrir tant de millions d'esclaves, avec l'huile en sus pour sacrer leur maître. La France n'est pas toute dans le gravier. Elle vit, elle vaut, elle est surtout par la pensée, par la parole, par l'action, par ses hommes et ses œuvres, par la manifestation de ses sentiments et de ses passions, par sa conception du droit, sa pratique du devoir, son affirmation de l'unité, sa conscience de la solidarité humaine, son dévoument à la cause commune, sa défense des intérêts et des besoins de tous, par la délivrance et l'élévation des petits, par la profession et la promotion des trois lois du véritable honneur, des trois grands dogmes de sa vraie religion, des trois grands principes de sa révolution : Liberté, Egalité, Fraternité.

Où donc cette France est-elle aujourd'hui? Elle, son honneur et son drapeau? Elle est avec le Mexique. Mexique et France sont où était Rome jadis, avant l'assassinat de Sertorius ; car le meurtre des amis du droit ne date pas de Lincoln. La France est là où est le droit, en exil, en prison, vivante dans les cœurs libres quand même, avec ceux qui, dedans ou dehors, combattent pour l'indépendance et protestent pour la liberté. La France est avec nous, avec vous !

Pourquoi vous et les vôtres, fidèles à ces principes de notre patrie, avez-vous noblement voulu les établir dans votre pays? Pourquoi avez-vous donné les lois les plus françaises aux Mexicains? Vous deviez pourtant savoir où elles nous ont mené. Pourquoi avez-vous sécularisé la justice, le mariage, la propriété? Pourquoi avez-vous émancipé l'état de l'église, de cette église catholique qui a mis partout la race latine au-dessous de la race saxonne? Pourquoi avez-vous fait chez-vous ce que nous avons fait de mieux chez-nous, et sans guillotine ni bayonnettes? tout le gain sans la perte. Pourquoi avez-vous suivi la révolution française dans cette voie de progrès qu'elle a ouverte à l'Europe entière, à l'Italie catholique comme à l'Allemagne protestante? Bref, pourquoi avez-vous fait le Mexique à l'image de la France ?

C'est là un tort que la France impériale ne pouvait pas plus pardonner aux Mexicains qu'aux Romains et à nous.

Elle aime tant '89, à ce qu'il semble, qu'elle le veut tout pour elle. Cependant, elle eut encore passé là-dessus, car elle permet '89 aux empereurs ; mais aussi, pourquoi étiez-vous président d'une république ?

Président loyal, gardien de votre serment, sujet de la loi et non son maître, serviteur du peuple et non son dictateur ! …et vous espériez sauver le Mexique ! Quelle folie ! A la bonne heure, si vous aviez imité Bonaparte et Soulouque au lieu de Bolivar et de Washington ; si vous aviez violé foi, loi, constitution et république, représentants et magistrats, tous les droits et tous les devoirs, vies, libertés, fortunes publiques et privées, en un mot attenté à la souveraineté du peuple ! Vous seriez à présent empereur du Mexique comme un autre, père de la patrie, fils de l'église, l'élu de la Providence et l'oint de Monseigneur Miranda ! Vous seriez tout ce qu'on peut être quand on se damne pour sauver les autres, l'arbitre souverain des principes de '89, l'allié, l'ami, l'émule et l'image de Sa Majesté parvenue, l'Empereur des Français, par la grâce de Dieu et des Zouaves ! Allez ! Vous n'êtes qu'un brigand comme Mazzini et Ledru !

Toute votre vertu scélératesse, votre honneur infâmie, votre exemple scandale, affront et danger ! A-t-on jamais vu un président de race latine se donner des airs d'Anglo-Saxon. La république bon pour les Yankies ! La liberté bon pour Robinson dans son île. Mais les Mexicains respectant la loi ! Il faut les régénérer, et vivement comme Romains et Français. Si le mal allait gagner les autres, toute la race, les sujets mêmes. Voilà ce que le sauveur de société ne pouvait permettre. C'est un tyran à son affaire. Il travaille au dehors comme à domicile, exportant gendarmes et turcos, raccommodant papes et rois, récalant autels et trônes, faisant au plus juste prix tout ce qui concerne son état. Il a déjà défait, comptons bien, trois républiques et refait trois monarchies dans la race latine, Pie IX. à Rome, en France lui-même, au Mexique Maximilien…troisième et dernier article de cette facture à payer !

Oui, après les guerres de Rome et de Paris, la guerre du Mexique, le troisième et dernier crime de cette liste de crimes contre notre race, crime final, nul doute, qui comble les deux autres, dont il est seul coupable et responsable suivant sa propre loi, dont il est temps de lui demander compte et dont nous allons vous remettre l'accusation entre les mains, à vous ami, sa plus récente et sa plus criante victime. Recevez donc ce juste réquisitoire, écrit avec la pensée et publié avec l'obole des proscrits, écrit nous ne dirons pas sans passion, mais avec l'amour du bien et la haine du mal, avec la passion de la vérité ; gardez le comme un acte de sympathie pour vous et de réprobation pour lui ! Gardez-le bien, afin qu'au jour du jugement, si la France oublie, le Mexique lui rappelle le crime et la peine, une peine qui égale, s'il se peut, un crime complet, crime sans aucune atténuation, ayant toutes les conditions requises par les docteurs du mal, crime et faute à la fois, triplement condamnable par la justice, la raison et l'intérêt, nous le prouverons, crime dans l'intention, les moyens et la fin.

I.

CRIME DANS L'INTENTION.

Quelle a été l'intention de ce crime ? "L'empire c'est la paix—ou la guerre pour une idée !" Quelle est donc la cause de ce coup-d'état extérieur, la raison de cette expédition d'outremer ? Quel est le motif sérieux, non le prétexte, le but réel de cette paix d'empire avec le Mexique, l'idée de cette guerre ?

Ne cherchons ni dans les proclamations du maître, ni dans les explications des valets, ni dans le *Moniteur*, ni même dans l'opposition. La vérité n'y est pas. L'opposition elle-même s'est trompée, volontairement ou non, en nous disant, par l'organe de Me Favre, que le but de la guerre avait varié. Le prétexte, oui, non le but. Ce but est resté fixe, immuable au fond, quoique sa forme ait changé. L'avocat du drapeau devait pourtant bien être renseigné comme nous par un des Français qui ont le mieux connu et servi le Mexique.* Mais il n'y a pires aveugles que ceux qui ne veulent pas voir, malgré leurs lunettes. L'avocat de la constitution avait certes de quoi faire, et sans être factieux. Le député avait de quoi dénoncer légalement l'em-

* Notre ami, le citoyen E. Lefèvre, qui a rapporté du Mexique même et publié dans les journaux Européens faits, chiffres, dates, pièces officielles et notes justificatives, une foule de documents précieux, éclaircissant la moralité de l'affaire et ne permettant aucune illusion même aux yeux assermentés.

percur responsable, suivant cette constitution même octroyée par l'un et jurée par l'autre,—serment qu'on peut prêter, mais pour le tenir comme Manuel. Si nous avons-nous-mêmes tardé d'accuser, c'est que nous attendions que ce devoir fut plus utilement rempli en face du coupable. Mais enfin, il n'y a pires muets que ceux qui ne veulent parler. Ainsi donc, nul en France, en ce pays jadis de doux-vivre et de libre opinion, comme son nom même l'indique, en cette France si franche, si expansive et si brave, qui a fait en moins d'un siècle trois révolutions pour la liberté et l'égalité, nul à cette heure, dans cette Chine murée et asphyxiée sous la cloche pneumatique, nul ne peut savoir ou dire la vérité, hors un seul, celui qui a l'intérêt à la fausser. A nous donc de la dire alors. Mais où la trouver ? Partout ailleurs que dans le puits du Carrousel. Nous ne vivons pas sous un prince ennemi de la fraude. A proprement parler, c'est le règne de l'hypocrisie et de l'imposture ! Les tyrans ont de commun avec les valets, la fourberie. L'empire a suivi la loi ordinaire, il a passé de la phase de force avec l'oncle à la phase de ruse avec le neveu. "Nous devons être les maîtres, parce que nous sommes les plus civilisés," disait-il hier aux Arabes, en leur demandant fidélité. Il oubliait que la première preuve de civilisation est franchise, et que le parjure est l'Arabe même indigne de commander. Avec lui, règle générale, on ne peut trouver la vérité qu'en retournant le mensonge. S'il dit oui, lisez non ; s'il dit paix, lisez guerre ; s'il dit idée, lisez Savoie. Prenez l'inverse de tout ce qu'il dit, écrit et publie—et il publie beaucoup. Il n'est pas du moins l'ennemi de la presse. Personne au contraire n'aime la presse autant que lui. Il est l'ami de la presse comme de '89, ami jaloux, passionné, exclusif, un Othello qui la veut toute pour lui ou morte. L'imprimerie nationale et périodique ne gémit que pour lui. Il l'accapare comme la poudre ; il ne l'a pas inventée... mais il sait la manière de s'en servir.

Quand il s'agit d'égarer l'opinion des mortels sur une question grave, Jupiter fait poindre à l'horizon du *Constitutionnel* un léger nuage d'abord, qui bientôt grossit, grandit, épaissit en passant par le *Pays*, la *Patrie*, la *France* et autres feuilles semi-officielles. Alors le *cirrus* devient *nimbus*, puis cumulant, condensant, fonçant toujours, atteint enfin la couche véridique. Le *Moniteur* jette sa bouteille d'encre en l'air et tout est dit : il fait nuit en plein jour. On n'y voit plus. C'est le procédé du mollusque qui noircit l'eau avec la liqueur de sa vessie pour aveugler l'ennemi. Et c'est ce qui a eu lieu pour la guerre du Mexique. La seiche impériale a suivi sa tactique habituelle. Elle a lâché sa teinture et tout est noir autour d'elle. Il n'est pas facile de pêcher le vrai dans ces eaux troubles. Patience donc ! Pour avoir le secret de la bête, il faut consulter son naturel, les mœurs, besoins, instincts, conditions de vie et modes d'action de cette candide sépia, ses précédens en France et hors de France, toute sa haute physiologie.

Il est dans la nature et la logique des choses que le semblable produise le semblable. Tel arbre, tel fruit. Dieu, l'homme, peuple, empereur, chacun fait ce qu'il doit, et chacun à sa ressemblance. Chacun obéit à la loi de sa destinée, en se reproduisant dans son œuvre. Ainsi le Directoire, ce gouvernement si calomnié par ceux qui l'ont assassiné, créait partout des républiques sur le type de la sienne. L'Angleterre constitutionnelle a fait naguère la Grèce constitutionnelle. L'empereur des Français devait faire l'empereur du Mexique. Alliance n'empêche pas concurrence. Le plant danois est arrosé d'or anglais, le scion d'Autriche fumé de sang français. A qui poussera le mieux ! Balance de pouvoir et jalousie de métier. Soit. On comprend ainsi le Danois, beau-frère de l'Angleterre. Mais pourquoi l'Autrichien ? Il n'était pas le cousin de la France en Italie. Pourquoi donc une guerre pour l'Autriche après une guerre contre ? L'empire a des idées et non des caprices. La Savoie a été l'idée de la guerre d'Italie. Quelle est donc l'idée de la guerre du Mexique ? *That is the question.* C'est la question. Eh bien ! l'idée, tout en étant fixe, est mixte, composée et compliquée. Cette idée, cette guerre est donc d'abord, comme nous l'avons vu, un fait logique, systématique, c'est-à-dire, la continuation d'un système fatal, la suite du coup-d'état de Paris, la conséquence de ce 2 Décembre dont la guerre de Rome a été les prémisses, la conclusion du syllogisme impérial qui ne peut être comprise sans sa majeure et sa mineure, la fin du même attentat contre la liberté humaine, le dernier coup porté à la démocratie chez elle, le coup de grâce à la république sur son propre terrain, à la souveraineté du peuple en Amérique, dans le nouveau monde comme dans l'ancien.

En Amérique, le principe républicain occupait la même place que le monarchique en Europe. Il dominait son continent. La république acculait la monarchie aux déserts du Brésil, comme la monarchie relègue la république aux rochers de la Suisse. Nous avons, comme dit Molière, changé tout cela. La raison de principe suffirait donc, s'il n'y en avait pas d'autres. Empereurs et rois, il n'y a jamais trop de ce qui est bon, ront bien partout, surtout à la place des républiques. L'Amérique montrait à l'Europe qu'un monde peut se passer de maître. Mauvais exemple! Il fallait au moins réprimer le mal! Qui sait? le supprimer peut-être! Quel bonheur! Si on pouvait en finir avec la démagogie américaine! Plus de république nulle part, plus de peuple souverain sur terre! L'occasion était belle. La grande république était alors scindée en deux, engagée dans une guerre civile qui absorbait son attention et ses forces. En frappant la plus faible, on attendrait là sur son cadavre l'heure propice pour attaquer la plus forte, et la guerre fut bravement faite au Mexique. Oui, les hostilités ont commencé chez vous pour l'amour de l'empire et en haine de la démocratie, au risque et dans l'espoir d'une querelle finale avec l'enfant de la France, avec cette république Américaine que nos pères avaient élevée comme une alliée nécessaire pour la liberté des mers, contre le despotisme du pavillon anglais. Mais qu'importe la liberté des mers, si nous avons les terres? Qu'importe la tyrannie anglaise de plus, s'il y a la république américaine de moins? La monagogie a aussi son fanatisme. Elle peut dire parfois comme les démagogues : " Périssent les colonies plutôt qu'un principe! L'héritier de Ste. Hélène n'est il pas devenu l'hôte de la maison d'Angleterre? Un empereur, fut-il un Bonaparte, peut être l'ami, l'ami cuirassé d'une reine, fut-elle une Cobourg. Quant aux républiques, fussent elles filles de Lafayette et baptisées par Voltaire, c'est différent. Il en tue autant qu'il en trouve. Guerre à mort au profit du principe monarchique en général et de la maison Bonaparte en particulier. Car ce n'est pas le tout d'abattre une république et de fonder un empire, d'expulser un président et de couronner un archiduc, il faut encore que cela rapporte, et c'est pourquoi un autrichien est empereur du Mexique.

L'empire se compose de 89 départements et de plusieurs idées... Si vous voulez voir clair au fond même de la question regardez du côté de l'Allemagne. Le secret est dans un fleuve. Là est le but, la cause, l'idée de la guerre, la raison, l'intention, la préméditation constante, immuable du crime…le Rhin. Comme les Alpes ont été l'idée de la guerre d'Italie, l'idée de la guerre du Mexique c'est le Rhin. Que peut avoir de commun le Rhin et le Mexique ? Un empire dans le nouveau monde pour une province dans l'ancien. Satisfaire à la fois l'Autriche et l'Eglise ; l'Autriche qui peut défendre la Prusse, et l'Eglise qui fait voter les paysans ; détacher l'une de Potsdam et rattacher l'autre aux Tuileries ; séduire celle-ci par la couronne des Incas compensant la couronne de fer, celle-là par une restauration compensant le bien de St. Pierre ; tenir Léopold par Charlotte impératrice, et par Léopold Victoria déjà prise dans le traité Cobden et toute sorte de doux nœuds d'or et d'argent ; enfin, ce qui ne gàte rien, mettre un brin de laurier sur le caillot de Décembre et charmer la liberté de la France avec ce qui s'appelle la gloire. Voilà tout le mystère ! Voilà toute la vérité ! Voilà toute l'intention !

Ainsi donc, un trône pour le principe, un trône autrichien pour l'intérèt, ambition et conquête, orgueil de tyran et profit dynastique ; en un mot, l'égoïsme dans sa plus coupable manifestation, dans ce qu'il a de plus satanique et de plus inhumain, puisqu'il lui faut du sang, l'égoïsme homicide, ne pouvant se contenter que de morts d'hommes, l'égoïsme impérial et le pire, l'égoïsme Napoléonien, qui, dans son estime et son amour pour l'espèce, a trouvé cet heureux mot *de chair à canon*, qui fait de ses complices ses premières victimes, qui ne vit qu'aux dépens de tous, les autres et nous, qu'en sacrifiant les peuples à la France et la France à un homme ; voilà le principe de cette troisième guerre, le mobile de ce troisième crime, qui laissera dans l'histoire de notre pays une troisième page de boue sanglante, ineffaçable, inexcusable, si ce n'est par notre propre servitude, inexpiable, si ce n'est par la délivrance des autres et la nôtre.

II.

CRIME DES MOYENS.

QUELS sont les moyens de ce crime? A coup sûr, l'exécution sera digne de l'intention et de la solution. Les jésuites ont pu dire : "La fin justifie les moyens;" mais les jésuites mêmes n'ont pas dit : les moyens justifient la fin. En tout cas, il faudrait que ces moyens fussent bien bons pour compenser une telle fin, ou que cette fin fut bien belle pour compenser de tels moyens. Il faudrait, pour neutraliser tant de mal, une dose de bien impossible dans les actions humaines qui ne comportent pas l'absolu, les bonnes surtout. Il faudrait dépaver l'enfer de ses meilleures intentions pour absoudre le fait. "Tout est bien qui finit bien," dit Shakespeare, un peu jésuite en cela ; mais ici nulle différence d'un bout à l'autre. La justice est à l'aise partout. L'intention et le fait, les moyens et la fin, tout se vaut. Tout est mal, et l'évidence crève la vue ; car nous sommes dans les actes. Désormais plus d'ombre, plus de nuage, pleine lumière. L'encrier ne peut plus rien. Les œuvres parlent d'elles-mêmes. Nous marchons hors des arcanes et des replis de la conscience. C'est maintenant matière de fait. Sans doute, Tartufe rend toujours hommage à la vertu ; mais enfin le vice saute aux yeux même d'Orgon. Il n'y a plus que Madame Pernelle qui garde sa foi comme l'opposition.

Si un homme vous trompe une fois, c'est lui qui a tort ; s'il vous trompe deux fois, c'est vous ! Mais, que dire de la troisième ? Qu'elle est sûre après le succès des deux autres. L'opinion est ainsi faite. Nous allons voir les mêmes moyens qui ont déjà réussi deux fois, pour la guerre de Rome et la guerre de Paris, réussir une troisième fois pour celle du Mexique ; les mêmes, absolument les mêmes, comme si l'excès de la crédulité humaine dispensai t le coupable d'invention, comme s'il violait le succès par l'audace même de ses récidives ; nul n'admettant d'être joué trois fois de suite par le même tour. Mais il en est, apparemment, des coups d'état comme des comédies. Ce qui réussit à Paris doit réussir partout.

Ceux de nos lecteurs qui ont la mémoire, cette vue du passé, saisiront mieux le présent. Pour les autres, un coup d'œil rétrospectif dans le règne n'est pas inutile. Paris et Rome leur expliqueront tout le Mexique. L'auteur de cette trilogie a observé l'unité, la loi des chefs-d'œuvres. Son règne n'est, comme sa vie, qu'une même conspiration. Il a conservé sur le trône les échelles qui l'y ont fait fait monter, toutes ces hautes maximes que les empereurs ont transmises aux papes, que Machiavel a retrouvées dans Tacite et dont les Médicis ont doté chez nous Valois, Bourbons et Bonapartes : diviser pour régner, dissimuler pour régner, s'avilir pour régner ; tout pour régner. Manuels de prince, recettes de coups-d'état et d'attentats, guide-ânes de Brumaire et de Décembre, théorie et pratique. L'élève plein de dispositions a tout étudié, tout appris en exil, et n'a rien oublié sur le trône.. Il avait eu le temps dans sa prison de Ham, de modérer sa fougue de jeunesse, il était jeune alors, et il avait compris enfin pour toujours qu'il ne suffit pas de casser la tête d'un soldat pour gagner une couronne, qu'il faut vaincre quand on attaque et que la ruse est la caution de la force.

Dès lors la manière de l'artiste fut fixée et n'a plus changé.

Ainsi, voyez, en '48, pour gagner sa première victoire, celle de Paris, il n'attaque point la république de front comme la royauté à Strasbourg, au contraire ; il commence par la rassurer. Il s'empresse d'écrire une lettre amie aux membres du gouvernement provisoire, offrant son "*aide à la cause qu'ils représentent*, attestant de son *dévoument au gouvernement de la république*, protestant de la *pureté de ses intentions et de son patriotisme* (sic), n'aspirant qu'à rentrer dans le sein de la France après trente ans d'exil..." Hélas ! Donnez-leur un pied chez-vous ! Le voilà représentant, puis président, et poursuivant la guerre de la même façon. Après les compliments, le serment : " En présence de Dieu et devant le peuple français, représenté par l'assemblée nationale, *je jure de rester fidèle à la république*, une et indivisible, et de remplir tous les devoirs que m'impose la constitution." Le loup est dans la bergerie sous le serment du berger. "C'est moi qui suis Guillot, berger de ce troupeau." Et tandis qu'il jure de présider la république, il préside aussi la société de Décembre. Il s'affile à la rue de Poitiers et aux barricades de Juin, disant à la réaction qu'il sauvera l'ordre, à la révolution qu'il sauvera la liberté. Il met par la loi du 31 Mai l'assemblée contre le peuple, et par le retour du vote le peuple contre l'assemblée. Bref, il joue et remplace tout le monde et la république par l'empereur, consommant par la ruse et la force son attentat à la souveraineté du peuple français.

Voilà pour la république française, même jeu pour la république romaine.

Ab Jove principium. Le Pape devait précéder et assurer l'empereur. Donc, le 16 Avril, 1849, n'étant encore que président de la république, le futur empereur fait monter à la tribune—il y avait encore une tribune—l'homme de la loi athée, M. Odilon-Barrot, alors premier ministre, et il le fait parler ainsi : "L'Autriche poursuit les conséquences de sa victoire de Navarre. La pensée du gouvernement français n'est pas de faire *concourir la république française au renversement de la république romaine,* mais de maintenir l'influence de la France pour la cause de la liberté, et de protéger l'Italie contre les forces de l'Autriche."

En conséquence, demande d'un crédit de 1,200,000 francs pour occuper un point du territoire italien. Vote du crédit ; départ et arrivée de l'expédition à Civita-Vecchia le 24, avec ce manifeste :

"Le gouvernement de la république française, toujours, animé d'un esprit très libéral, déclare vouloir respecter le vœu de la majorité des populations romaines, et vient sur leur territoire amicalement, afin de maintenir sa légitime influence. Il est de plus bien décidé *à ne vouloir imposer à ces populations aucune forme de gouvernement qui ne serait pas choisi par elle.*

"Le chef-d'escadron, aide-de-camp du commandant en chef.

"Espivent."

Beau style, assez clair pourtant !

Deux jours après, 26 Avril, adresse du commandant lui-même :—

"Habitants des États romains, notre but n'est pas d'exercer une influence oppressive et *de vous imposer un gouvernement qui soit contraire à vos vœux.*

"Le général en chef,

"Oudinot de Reggio."

Sur ces promesses, bienvenue, accueil fraternel des troupes par la ville, qui non-seulement les laisse débarquer en paix, mais les reçoit à bras ouverts, se fiant au *libéralisme et à l'honneur de la France.* (Textuel.)

Le général qui la représentait si bien cette France et son honneur, avait deux ordres dans sa poche, comme ce maire des cent-jours qui avait deux discours avant la bataille du 18

Juin. Il avait un ordre patent de n'entrer à Rome que s'il ne trouvait point de résistance, et s'il y était appelé par le vœu du peuple. Il avait un ordre secret, le bon, d'y entrer de vive force, d'abattre à tout prix la république et de relever le pape malgré peuple et Dieu.

Aussi, après ces paroles de paix, sans déclaration de guerre, sans ultimatum à la république, sans sommation de céder la place au pape, sans mot dire de ce qu'il voulait, il décrète l'état de siège, dissout la municipalité, occupe les forts, désarme la garnison, et saisit les munitions de la république. Une trahison à se pendre !

Que dirait-on de M. Oudinot ayant un duel avec quelqu'un, entrant chez son adversaire sous prétexte d'arrangement, lui saisissant ses armes et tirant sur lui ? Représenterait-il un homme d'honneur ? Comment donc le Général Oudinot pourrait-il faire pour l'honneur de la France ce qu'il n'aurait pu pour le sien ? Est-ce parceque la France est plus forte que M. Oudinot ? Raison de plus. Force oblige comme noblesse. Néanmoins, le général Oudinot marche sur Rome et se fait battre le 30 Avril. L'honneur du drapeau est engagé.

Battu pour sa peine, et sur la foi des émigrés de Gaëte ! Il croyait être salué et fleuri. Il est vaincu. C'est la loi de toute invasion étrangère, depuis Quiberon jusqu'à Puebla, d'être introduite par des émigrés qui la leurrent pour l'attirer, l'entraîner, et lui préparent ainsi des gloires imprévues et des surprises agréables, des boulets pour bouquets.

A la nouvelle du combat du 30, émotion de la constituante et décret du 8 Mai : " L'assemblée nationale invite le gouvernement à prendre sans délai les mesures nécessaires pour que l'expédition ne soit pas plus longtemps détournée du but qui lui était assigné." C'était le testament d'une mourante pour une condamnée.

Envoi d'un ministre à Rome, M. de Lesseps, pour faire exécuter ce décret. Mais un autre ministre, M. de Rayneval reste à Gaëte pour le faire violer. Deux politiques comme deux ministres et deux ordres, le tout dirigé par M. Drouyn de L'huys, qui est double comme Janus, à ce qu'il semble, et dont nous retrouverons les deux faces au Mexique comme à Rome, le même pieux maître Jacques du même Harpagon, le même Laurent du même Tartufe dans les deux mondes.

M. de Lesseps, ministre de paix et de l'assemblée, disait : " Une attaque contre Rome amènerait les plus grands désastres pour tous......Le parti le plus convenable c'est que nous laissions les populations romaines qui semblent favorables à nos vues, manifester librement leurs opinions."

M. de Rayneval, ministre de guerre et du président, répliquait que " le vote universel en ce pays n'avait pas la même signification que chez-nous ; que la population était incapable d'exprimer son opinion ; qu'une attaque n'aurait d'autre malheur que la chûte de quelques vieux murs, et déciderait la population à voter pour le pape ; la France ne pouvant traiter avec un gouvernement d'assassins."

Il y avait eu déjà, le 10 Mai, une dépêche télégraphique du président au général d'attendre des renforts et de ne reprendre l'attaque qu'avec certitude de vaincre. Ce modeste prince ne veut pas manquer la gloire. Il ne se contente pas d'être le plus fort ; il veut encore être le plus traître.

Pendant donc que M. de Lesseps, sa dupe, sert à duper, sans le vouloir, les Romains par une trêve et des notes, le général français et jésuite viole la trêve, occupe, sous le prétexte de la santé de ses troupes, Monte-Mincio que Rome lui eut disputé sans les négociations ; puis il prépare en silence ses fascines, double son matériel de siège, jette un pont de bateaux sur le Tibre ; et le 30 Mai, à minuit, comme le 2 Décembre à Paris, l'aigle nocturne attaque et prend Rome malgré le peuple romain et le peuple français. Le pape reconnaissant fera bientôt voter la France pour l'empereur ! Ainsi, par les mêmes manœuvres qui avaient consommé l'attentat à la souveraineté du peuple français, fut consommé l'attentat à la souveraineté du peuple romain.

Mazzini va rejoindre Ledru !

Maintenant changez une troisième fois lieux, dates et quelques noms, et vous avez toute l'histoire du Mexique. Mettez '65 au lieu de '49, Juarez pour Mazzini, Almonte pour Mérode, Saligny pour Rayneval—point de Lesseps, car il n'y a plus de constituante—pour Espivent Dupin, pour Oudinot Forey, pour Pie IX Maximilien, et toujours le même et unique Drouyn de L'huys, et vous aurez la même histoire mot pour mot. Au fond, la vieille et éternelle histoire du droit du plus fort, du loup qui querelle l'agneau pour le croquer, du maître qui veut noyer son chien et le dit enragé, tant la force ne se suffit pas à elle-même et veut une raison même chez les plus loups.

Comme les autres, les empereurs les plus absolus ont

besoin de bonnes raisons pour malfaire, et ils n'en manquent jamais ; et les plus cerviers ont toujours l'air le plus doux.

Donc, vous troublez l'eau où boit Sa Majesté. En vain vous êtes au Mexique et lui à Vichy, vous êtes des assassins, afin d'être assassinés ! Vous êtes des brigands comme ceux de Rome et Paris. Vous êtes des voleurs, comme eux. Vous avez des dettes. Vous devez au moins 900,000 francs à la France.

La France ne doit à personne, ni l'Angleterre, ni l'Espagne. Ces créanciers sans dette vont vous poursuivre pour dettes. Ceux qui ne doivent que des milliards vont vous exécuter pour des millions ; et c'est le plus insolvable, la faillite en personne, l'Espagne qui commencera le procès. Si l'on tuait, soit dit d'abord en passant, tous ceux qui ne peuvent payer leurs dettes, ce serait la fin du monde civilisé, et, à coup sûr, de vos créanciers. Puis, remarquons-le, ces dettes mortelles que vous seuls vouliez et pouviez payer, ont été faites précisément par les gens mêmes dont vous aviez purgé le pays, qui étaient alors les amis et qui sont maintenant les alliés de vos créanciers, et que vos créanciers veulent restaurer apparemment pour recommencer. C'étaient les Ramirez, les Miramon, les Zuloaga et les Marquez, les vrais voleurs et les vrais assassins, dont vous étiez l'Hercule exterminateur ; Miramon qui en '60 avait volé avec effraction 3,000,000 francs à la caisse du consulat anglais ; Zuloaga, qui en '59 avait extorqué aux nationaux d'Angleterre, d'Espagne et de France, le quintuple des droits, cause de la dette ; Marquez enfin qui le 11 Avril, '59, avait assassiné, exécuté de nuit, à la lueur d'une lanterne, sept citoyens, sept médecins arrachés au lit des blessés qu'ils soignaient à l'hôpital de Tacubaya. Cette bête féroce, le Général Léopard, comme depuis on l'appelle, ce Marquez, qui a signé de sa griffe l'ordre de cette boucherie sur un papier parfumé au chiffre de sa femme, Madame *Conceptione*. ce Saint Joseph immaculé est aujourd'hui commandant de la légion d'honneur, toujours de l'honneur impérial ! comme l'évêque Ramirez, l'Esprit-Saint qui l'a béni.

Dès 1856, le Mexique était las du régime des *pronunciamientos*, du règne des guerriers et des prêtres, inauguré par le fameux général, Santa-Anna. Où le mal se fait on est sûr de trouver un général et un évêque. Le Mexique avait assez de ces gouvernements de froc et de frac, de caserne et couvent, pères nourriciers de toutes les lèpres catholiques, misère, ignorance et anarchie, filles de cette double tyrannie, la force et la foi. Il aspirait à entrer comme les Saxons ses voisins sous le régime de la magistrature civile, de la raison et de la loi. S'arrêtant dans sa décadence, dans sa rétrogradation à la barbarie, à la dissolution, au néant, il avait enfin secoué tous ses germes de mort ; et plus heureux que la France, après un 2 Décembre contre son 24 Février par son président Comonfort, il en avait fini avec les faiseurs de coups-d'état, les voleurs de caisses publiques et les assassins de médecins. Il avait chassé tous ces évêques et généraux, qui creusent les déficits pour y fonder des trônes. Il avait enfin trouvé un homme, un vrai citoyen, un vrai patriote, un vrai magistrat dans le vice-président Juarez. Oui, pendant une lutte de quatre ans pour la loi, après l'avoir victorieusement défendue, vous y aviez obéi le premier, et vous aviez été ré-élu président, sans curés ni Zouaves. Vous aviez fixé la révolution, fondé, le 11 Janvier, '61, un gouvernement stable, légal, régulier, librement voté par le peuple et capable de payer les dettes de la réaction. Alors vous aviez arrêté la décomposition du pays et commencé l'œuvre de la réparation. Par une première loi du 12 Juillet, '59, vous aviez émancipé les biens de main-morte, rendu au travail et à la paix ces richesses dont le clergé abusait pour entretenir la guerre civile et la corruption. Par une seconde loi du même jour, vous affranchissiez la conscience en proclamant la liberté des cultes, en dégageant la raison humaine du placenta romain. Enfin, vous libériez le contrat du sacrement, en établissant le mariage civil auprès du religieux. Non content de ces actes politiques qui élevaient le peuple de l'état religieux à l'état civil, vous preniez de saines mesures de police pour la sureté publique, des mesures de crédit pour les besoins du commerce ; en un mot, dans l'ordre économique comme dans l'ordre social, vous remédiez aux fautes du despotisme par les bienfaits de la liberté.

Tout cela ne faisait pas le compte de la crosse et de l'épée, de la réaction mexicaine et étrangère, qui, naturellement, n'aime pas à laisser la liberté se prouver par ses œuvres. Vous pouviez payer leurs dettes. Il était temps de vous arrêter.

Les émigrés Mexicains, comme tous les autres émigrés, devaient s'adresser à l'étranger. Au quel ? Nécessairement au plus ennemi des républiques, au prince qui avait fait ses preuves contre elles, à l'homme toujours prêt à bien faire, quand il s'agit d'en tuer une, à celui qui en avait déjà tué deux, qui ne demandait pas mieux que d'en tuer trois, de les tuer toutes, à l'ennemi mortel de la démocratie, au tyran parvenu. Rien de tel qu'un parjure réussi !

Frappez, et l'on vous ouvrira. Il avait justement besoin d'eux en ce moment. Ils étaient attendus ! Il lui fallait, comme nous avons vu, un gâteau pour le cerbère du Rhin. Ils s'offrirent et furent reçus. Le plan mexicain fut vite tracé, et sur les mêmes lignes que ses modèles, ceux de Rome et de Paris. Il n'y avait qu'à copier, ou plutôt à calquer. De l'aveu de M. Billault, ministre parlant (*Moniteur* du 17 Juin, '62), et de l'aveu de M. Hidalgo (*Epoca* de Madrid, même mois), le plan de guerre précéda l'honorable convention des alliés, qui ne devait servir qu'à l'exécuter. "L'empereur n'avait point de candidat," dit l'un, et "l'illustre maison d'Autriche fut suggérée," dit l'autre, "comme partie désintéressée, n'ayant point la rancune métropolitaine de l'Espagne, ni l'ambition maritime de l'Angleterre, ni la réclamation pécuniaire de la France." Forte de son désintéressement et de son Archiduc blond, l'Autriche se fit valoir dans sa retraite de Miramar, se fit prier longtemps et n'accepta le brevet que sous la garantie du gouvernement français.

Le conspirateur émérite agit en conséquence ; et comme à son ordinaire il prit toutes ses précautions pour assurer le succès. Il chercha d'abord des alliés un peu plus forts que les émigrés. Instruit par l'exemple, le second empire est bien supérieur au premier. Il ne se bat jamais que deux ou trois contre un, comme en Crimée, Italie, Chine, etc. Il n'est plus l'objet des coalitions ; pas si brave ! il en est l'auteur. Les alliés sont pour lui, non contre lui. Il en fait ses complices bon-gré mal-gré, sans qu'ils s'en doutent, avant d'en faire ses dupes. Expert en mauvaises passions, connaissant assez bien son monde, couvrant bien son jeu pour mieux gagner, tenant bien pendant le traité son roi caché dans ces cartes, il prit l'Espagne par la vanité, l'Angleterre par l'avarice ; et la convention du 31 Octobre, '61, fut signée avec cet article III : "Les hautes parties contractantes s'engagent à ne pas distraire les forces dont elles vont faire usage en vertu de la présente convention pour les employer à un objet quelqu'il soit, différent de ceux qui sont spécifiés dans le préambule. Ils s'interdisent *spécialement d'intervenir dans le gouvernement de la république.*"

Toujours le même couplet chanté avec le même aplomb.

Les objets spécifiés étaient les réclamations en commun de cette nouvelle et singulière Sainte-Alliance, les réclamations en commun de trois grandes monarchies pour la somme de 307,277,649 francs et 15 centimes. Il y avait des centimes. Une somme, après tout, bien digne d'une coalition de rois, et qui valait bien la peine de changer un procès en guerre et les soldats d'Austerlitz comme les marins de Trafalgar en huissiers.

Cette France qui, même sous l'économe Louis-Philippe, était assez riche pour payer sa gloire, ne pouvait pourtant pas, sous Louis-Bonaparte se battre pour un million !... pas même un million. Elle ne représentait guères que les centimes dans le total. Que dirait la colonne...et les 40 siècles des Pyramides, de cette guerre de gros sous, de ces légions de recors, de ces exploits de bazoche ? Quoi ! La garde impériale devenue garde du commerce ! l'honneur du drapeau saupoudré de vert de gris. Il n'y fallait plus songer ! A moins peut-être de changer le cuivre en or. On y parvint. Comment ? En changeant un Suisse en Français. Notre vieille amie, la Confédération Helvétique vint à notre secours. Pour faire meilleure figure en justice, on grossit donc la créance française d'une créance suisse. Pourquoi pas ? Il y a une Suisse française ; et Genève peut refaire un jour partie de l'empire. En attendant, on avisa certain banquier du crû, ayant nom peu français de Jecker, suisse et juif, et surtout et beaucoup du parti mexicain honnête et modéré. Point d'argent point de suisse, dit le proverbe. Mais en revanche pour de l'argent, un suisse devient cent-suisse, suisse d'église, suisse de porte, tout ce qu'on veut, selon le prix. Celui-là devint suisse d'empire. Du jour au lendemain il fut transmuté en Français par la pierre philosophale du premier des alchimistes, M. de Morny. L'amitié d'un grand homme est un bienfait des dieux. L'agioteur (Jecker, bien entendu) fut naturalisé et décoré du coup comme son ami Marquez. Il avait fort touché aux fonds du Mexique avec les honnêtes gens de la réaction ; et il lui en était resté aux mains quelque chose comme une créance de 75 millions !... Vous m'en direz tant ! Le citoyen d'une république se fit donc sujet d'un empereur pour 75 millions. Paris vaut bien une messe ! L'incorruptible de l'affaire (M. de Morny, bien entendu), le Cincinnatus du coup-d'état, qui reflétait les beautés financières de Décembre, le héros métallique de cette nuit d'or comme de fer, qui a fait de l'urne un pot-de-vin universel, le patron né de tous les tripots exotiques et indigènes, le duc de Part-à-Deux, comme l'appelait Jecker, ne pouvait manquer d'adopter cet intéressant orphelin suisse et son denier de 75 millions. En conséquence, il fut le parrain du malheureux petit millionnaire, et Dieu sait quelles dragées il en a coûté au filleul ! La moitié du sac, dit-on ! Allons donc. Le duc est mort si pauvre ! N'importe ! Quelque désintéressé qu'ait été le patriotisme des deux, et quelque honorable qu'il fut pour la France d'enlever à la Suisse un si bon sujet, outre que la loi n'a pas d'effet rétroactif, cette France idéale et ingrate eut peut-être encore rechigné à se battre pour l'ex-fils de Guillaume Tell et ses millions Mornyfiés. Après cette belle acquisition, l'empire sans doute était plus présentable au procès ; mais c'était toujours un procès. 75 millions ne sont pas plus une idée que 75 centimes. C'est pourquoi, tout bien compté, le vil métal fut réduit à sa juste valeur, devint l'accessoire du principal ; et l'empire envoya une déclaration avec son assignation.

Un sénateur, un conseiller d'état, un académicien moral et politique, M. Michel Chevallier, fut chargé de publier dans une revue le manifeste de l'idée. "Il s'agissait," disait-il, "de régénérer le Mexique, de préserver la race latine des empiètements de la race saxonne, de mettre une digue à la démagogie américaine ; en un mot, de sauver au Mexique, comme à Paris et à Rome, la religion, la famille et la propriété." La France ne marchandera plus. Sachez bien que ce *fécial* de l'ordre, ce hérault de la civilisation est un ex-Saint-Simonien, condamné en police-correctionnelle pour *socialisme*, pardon ! pour enfantinisme, mormonisme, homme serf et femme libre, pape et papesse, communauté, promiscuité, réhabilitation de la matière et de la chair, etc., aujourd'hui de la même légion d'honneur que Marquez, Jecker et Morny.

Cependant le bout de l'oreille de l'idée effaroucha l'Angleterre. La *nation de boutiquiers*, peu idéale et très positive, s'en tint à sa créance et laissa à d'autres la gloire de la régénération. Mais l'Espagne avait aussi sa velléité de refaire le Mexique. Elle avait une fois déjà, sans le savoir, servi de Raton à l'idée de Bertrand, en réclamant la première, en prenant l'initiative de la convention. Elle tira le second marron du feu en faisant biffer l'article III de la convention pour cause d'éventualités que l'expédition pourrait produire. Elle tira le troisième et dernier en débarquant à l'improviste, et contre les termes mêmes de la convention, avant le temps fixé pour la réunion des escadres alliées.

Le contingent Espagnol était d'abord de 6,000 hommes, celui de la France de 2,800, celui de l'Angleterre, la plus intéressée, de 900 seulement. C'était assez pour une sommation. L'Angleterre ménage toujours autant qu'elle peut son sang et son argent ; et, grâce à cette sagesse, les négociations étaient entamées.

Mais le gouvernement français profita vite de la folie de l'Espagne. Il fit comprendre au cabinet anglais la nécessité de renforcer le contingent français pour équilibrer les prétentions espagnoles ; et dès le commencement de Mai, '62, arriva à Vera-Cruz le corps d'armée de Lorencez. Ce glorieux chef vint avec la deuxième politique, celle de l'agression, avec l'ordre de finir les négociations et de commencer la guerre à tout prix. L'empire désormais n'était plus un créancier, c'était un conquérant. Il allait plaider à coups de canon. Son drapeau n'était plus une feuille de papier marqué ; c'était un manifeste de Brunswick. Ses soldats n'étaient plus des recors, c'est vrai, mais des cosaques, portant en croupe des émigrés et un roi, Condé, non, Almonte ; les Bourbons, non, les Hapsbourg ; Louis XVIII. non, Maximilien 1er. Bref, vous alliez être traités en brigands par les fils des *brigands de la Loire ;* vous alliez être restaurés aujourd'hui par les restaurés d'autrefois. C'était l'invasion du Mexique par la Russie d'Occident.

Les commissaires alliés, croyant agir pour la dette, vous avaient adressé d'abord cette proclamation toute pacifique, écrite de la même encre que celles qui avaient déjà masqué le canon à Paris et à Rome.

"Ils vous trompent ceux qui vous disent que derrière des réclamations justes, les alliés cachent des plans de *conquête* et de *restauration*, ou d'*intervention* dans votre politique et votre administration.

"(Signé) LAGRAVIÈRE et SALIGNY"

Le meilleur moyen éprouvé deux fois déjà, d'introduire une idée, c'est de la nier d'abord ! elle surprend moins quand on l'affirme ensuite. Sur ces paroles des commissaires, des négociations de paix s'étaient, nous l'avons dit, entamées en Avril ; et il avait été humainement stipulé par vous que, pour sauver les alliés de la fièvre jaune, leurs troupes occuperaient les trois villes d'Orizalba, Cordova et Tahuaca; mais, que si par malheur, les négociations rompaient, les troupes retourneraient se placer hors de ces points fortifiés. C'était comme à Monte-Mincio; la fièvre servait la tyrannie, et l'homme de la guerre quand même, le général Lorencez devait en profiter comme le général Oudinot, sacrifier, tout, jusqu'à l'honneur, aux intérêts que le général Almonte représentait dans ses rangs.

Donc, le 9 Avril, les négociations de paix furent rompues par lui, sous le prétexte qu'on ne pouvait avoir confiance dans le gouvernement mexicain, avec lequel on avait pourtant déjà traité. Là-dessus, le commissaire anglais, fidèle à son procès pour dette, retira son épingle du jeu. L'espagnol dont *l'idée* était de beaucoup moins forte que celle de son allié français, s'en alla aussi, protestant par son général Prim, que le Mexique n'était pas régénérable, que les raisins étaient trop verts, et jurant, mais un peu tard, qu'on ne l'y prendrait plus.

Bertrand, débarrassé de sa dupe, resta seul maître des marrons! C'était ce qu'il voulait. Et alors, chose triste à dire pour nous français, une armée française, le corps d'armée Lorencez viola ignominieusement la parole de ses commissaires. Courage! Nous ne sommes pas au bout de notre gloire dans cette affaire. Au lieu de retourner, comme le traité les y forçait, en deçà des points qui lui avaient été cédés sans combat, généreusement prêtés pour cause de santé, et à condition de les rendre en cas de rupture, les soldats de l'empire firent main basse sur Orizalba, sans déclaration de guerre, sous prétexte que leurs malades n'étaient pas en sureté dans cette ville. Pour les protéger, ils attaquèrent leurs hôtes. Voilà ce que c'est que d'être corps! pourquoi l'automate n'aurait il pas attaqué Orizalba comme Civita Vecchia? Pourquoi la machine aurait-elle épargné le Mexique plus que Rome et Paris? La mécanique est impartiale; elle frappe partout et ne connaît rien; le mot d'ordre est sa détente et l'obéissance passive son ressort.

Deux mois après, cette malheureuse et coupable troupe recevait ça récompense devant Puebla, toujours comme à Rome, un échec préparé par sa foi dans les traîtres qui la guidaient, qui lui disaient encore qu'elle était désirée, appelée par le peuple, qui lui promettaient des bras ouverts et lui faisaient trouver des poings fermés, des pluies de fleurs changées en pluies de balles, la honte et la mort.

L'honneur du drapeau était engagé…Après cette noble défense de Puebla, qui prouvait au moins deux choses, le mensonge des émigrés et la perfidie de l'empire, le général Lorencez fut remplacé par un autre général Décembriste, qui allait devenir le Maréchal Forey. Lorencez méritait pourtant bien le bâton comme son successeur.

Le premier soin du nouveau régénérateur fut de calmer le mal par un redoublement d'opium, d'abattre l'excitation mexicaine par tout ce qui avait réussi pour les Parisiens et les Romains.

24 Septembre, '62. Première potion!

"Citoyens du Mexique,

"On cherche à exciter contre nous le sentiment national en prétendant vous faire accroire que nous sommes venu, *vous imposer un gouvernement* à notre guise. Loin de là. Aussitôt que le peuple mexicain aura été délivré par nos armes, il *élira librement le gouvernement* qui lui conviendra le mieux. J'ai reçu l'ordre exprès de vous le déclarer Les hommes de cœur qui se sont réunis à vous ont un titre à notre protection toute spéciale. Mais, au nom de l'empereur, je fais cet appel, sans distinction de parti, à tous ceux qui veulent sauver l'indépendance de leur pays et l'intégrité de leur territoire."..

"Il n'entre point dans la politique de la France de se mêler, pour un vil intérêt, dans les dissentions intestines des nations étrangères. Mais quand des motifs légitimes l'obligent à intervenir, elle le fait toujours pour l'avantage du pays où elle exerce son action.

"Rappelez-vous que partout où flotte sa bannière, elle représente la cause des peuples et de *la civilisation.*

"FOREY."

22 Octobre, seconde potion habilement graduée. Les *citoyens* du 24 Septembre vont déjà mieux après un mois de traitement…ils ne sont plus qu'*habitants ;* à la troisième ils seront *sujets,* c'est-à-dire radicalement guéris.

"Habitans du Mexique,

"Sommes nous par hazard des ennemis qui viennent porter atteinte à votre indépendance en vous imposant notre foi? Avons-nous cessé de respecter vos biens, vos mœurs, et vos lois? Et si quelqu'un y attentait, vous nous verriez aussitôt le punir. Nous venons seulement *connaître le gouvernement qui vous convient ;* et quand la nation librement et loyalement consultée aura manifesté sa volonté, la France la reconnaîtra."

Après ces calmans, le docteur de la faculté impériale employa les dissolvans et les altérans, corruption et intimidation, pillules d'or et d'argent sur Zuloaga et consorts, contre les incurables les remèdes héroiques et martiaux, le fer et le feu. Enfin il vida la trousse et le codex, et traita si bien son monde qu'il atteignit son but et son grade. Il entra vainqueur dans Mexico, apportant dans ses poches son bâton de maréchal de France et son empereur du Mexique, ce gouvernement qu'il était venu connaître et qu'il fit connaître aux Mexicains, le gouvernement que le peuple devait élire librement, et qui fut élu par soixante notables dont quinze étrangers et de marque, tous choisis et triés par lui Forey et son aide-de-camp Billard, à eux deux grands-électeurs et vote universel, représentant à eux seuls les cinq millions de votans de M! Chaix.

Le décret suivant bâclant la chose fut contresigné de l'évêque Ramirez et du général Almonte :

Article 1er—Le Mexique adopte la monarchie tempérée, héréditaire, etc.

2—Le souverain prend le titre d'empereur du Mexique.

3—La couronne impériale est offerte à Maximilien, archiduc d'Autriche, pour lui et ses descendans, etc., s'il y en a.

Enfin une régence de luxe pour une impératrice sans enfant et sans empire, mais complétant, comme chez nous, l'attentat sur la souveraineté du peuple mexicain.

Le Mexique était régénéré comme Romains et Français et au plus juste prix. Dès ce jour il devait 270 millions pour n'avoir pu en payer un.

Les princes, avec ou sans couronne, ont, répétons-le, une singulière notion de l'honneur. On a vu naguères une Altesse tancée par une Majesté quitter dignement ses places, et garder non moins dignement ses gages. On a vu un roi même, reconnu et occupé à la fois, serrer la main qui lui retient la capitale de son royaume ; un autre, le roi Belge, envoyer ses cordons à qui convoite son royaume tout entier. François Ier, ce fils aîné de l'église qui fut allié du Turc contre le pape, ce roi très-chrétien qui mourut d'une toute autre peste que Saint-Louis, ce roi chevalier qui mit en gage ses enfans pour sa personne et son peuple pour ses enfants, ce héros de Pavie qui perdit tout, même l'honneur, leur sert de modèle à tous ! Tout pour régner ! Il faut que la passion de commander aux autres soit une rage chez ces misérables, pour qu'ils lui sacrifient tout le reste. L'habitude de trouver des joujoux d'honneur dans leur berceau, leur fait voir l'honneur humain non comme une règle, mais comme un jouet de leur pouvoir. Ainsi, voilà un prince, archiduc autrichien, parent le plus proche, le frère cadet de l'empereur d'Autriche, qui accepte sans sourciller une couronne volée, et qui l'accepte de la main même qui en a pris une autre à l'aîné. Le voilà, lui, descendant de Charles—Quint, compère et complice d'un parvenu; caricature et copie d'une contrefaçon, singe d'un singe, l'allié et l'ami du vainqueur de son frère, de l'ennemi de sa famille, de l'homme qui a déclaré *l'illustre* maison d'Autriche indigne de régner à Milan, et qui daigne la trouver assez bonne pour le Mexique. Ce qui est flatteur pour le Mexique, autant que pour l'Autriche et la maison. Le voilà recevant enfin à baise-mains, la couronne des Aztèques en compensation de la couronne lombarde d'abord et de la couronne belge ensuite, c'est-à-dire, se parant des plumes de père et frère, profitant du vol fait et à faire à tous les siens. Singulier honneur, n'est-ce-pas ? et singulière logique aussi ! Comment les Hapsbourg, poison pour les Latins d'Italie peuvent ils être remède pour les Latins du Mexique ? Quelle chimie de régénérer le Mexique par l'Autriche, les Latins par un Saxon, les Espagnols par un Allemand ! Quel sens de dépenser 500 millions pour déplanter l'illustre souche ici et 500 millions pour la replanter là bas, et partout et toujours par la volonté des peuples et pour leur régénération ! Mais logique pas plus que conscience n'a rien à faire avec les princes. Bon pour le peuple ! L'ambition a le droit d'être folle, comme d'être vile. Les empereurs sont au-dessus du sens moral et du sens commun. Ils régénèrent tout, la raison comme l'honneur.

Nous n'en finirions pas avec le crime des moyens. Nous ne citerons donc plus que trois faits entre mille, trois seulement, mais suffisant pour régénérer l'enfer.

Fermeté d'opinion, constance de foi, fidélité quand même aux principes, ont été vertus de tous temps, signes de haute vie politique et preuves de noblesse sociale, les plus sûrs indices d'une grande civilisation. Point. C'est vertu de brigands, de barbares, de sauvages, de brutes à régénérer; et voici comment s'y prennent les maîtres de régénération.

Il faut citer textuellement pour les incrédules, si le Messie du mal peut encore avoir des St. Thomas.

"Décret du 4 Juin, 1863.

"Article 1er—Tous les Mexicains jouissant de leurs droits de citoyens sont *obligés d'accepter et de remplir les commissions et les emplois* qui leur sont confiés, soit par le chef suprême de la nation, soit par le gouverneurs des états, dans les limites de leurs attributions respectives.

2—Les refus et démissions sans cause légitime et justifiée seront considérés comme *délits de désaffection* au gouvernement établi.

3—Les causes légitimes pour refus ou démission sont l'âge de 60 ans, ou des maladies chroniques empêchant absolument de remplir les commissions et emplois dont on est chargé.

4—Les *délinquans* sont passibles de la peine d'exil de six mois à deux ans ; cette peine étant applicable sans appel par le chef de la nation ou par les gouverneurs des états, chacun dans les limites de leurs attributions."

"ALMONTE."

C'est là du nouveau, s'il en fut ! et du plus merveilleux ! Ce qui ne s'est jamais vu ni prévu ! Pur Pérou ! Réalité dépassant fable ! Le délit de désaffection ! les emplois forcés pour faire suite, ou plutôt pour mener aux travaux forcés, et cela chez un peuple d'amour unanime et dans un empire de vote universel. Des réfractaires de porte-feuille et des déserteurs de ministères, une grève de préfets. Un gouvernement contraignant par l'exil ses sujets à devenir ses agens ! Le pouvoir ou le bagne. C'est honorable pour le pouvoir. Ce Mexique est bien bas en effet et a grand besoin d'être refait. Molière n'avait trouvé que le *médecin malgré lui.* Depuis, plus forts que Molière, les lords ont fait du héros de notre temps le *malade malgré lui.* Mais le génie de l'empire surpasse tout ; il a trouvé le *fonctionnaire malgré lui.* C'est le monde renversé que cette Amérique ! Que dira la France, la terre promise de l'employé, le Canaan du fonctionnarisme, la mamelle inépuisable d'innombrables serviteurs, où l'on compte 600,000 agens sur dix millions de sujets adultes, c'est-à-dire un gouvernant pour cinq gouvernés, et quels agents ? Volontaires, Dieu merci ! empressés, dévoués, n'ayant pas besoin du bâton de Sganarelle ou du ban d'Almonte pour servir leur patrie, se contentant de gros honoraires ou de faibles émoluments, n'ayant jamais manqué en aucun temps, sous aucun régime, jamais refusé ni Charles ni Philippe, ni république ni empire, et toujours les mêmes, plus royalistes que le roi et plus ligueurs que la ligue, plus nombreux qu'on ne veut, si nombreux qu'on a fait pour eux ce joli nom de surnuméraire, si ardents qu'ils ont inspiré ce beau mot de Talleyrand, "pas de zèle," et si souples qu'ils nous ont fait appeler par Paul-Louis, un peuple de valets. Trop heureuse France, qui a reçu un jour cent placets pour une seule place d'exécuteur! Elle n'a jamais chômé de fonctionnaires d'aucune sorte. Au contraire! Il lui faut à elle des lois inverses, des lois de retraite et de réforme contre les bons citoyens, fanatiques de service, malgré âge, santé, raison, mourant et ne se rendant pas, plus vieux que l'académie, plus impotens que les invalides, courant sur des béquilles à l'avancement, toujours jeunes pour ne rien faire, toujours vifs pour émarger. Mais un peuple qui n'apprécie pas même la valeur des appointemens est-il né viable? Refuser d'être médecin passe encore! mais général, mais bourreau, préfet, mouchard, toutes ces nobles fonctions de la France impériale, c'est pure barbarie. Ces brigands avaient besoin là-dessus d'une legon de progrès. Ils l'ont.

Après la probité politique vient dans l'ordre de l'estime humaine, la probité privée, base de la première, l'honnêteté ordinaire, le respect du bien de l'état où de l'individu, en un mot, la propreté des mains et de la conscience en ce qui regarde l'argent d'autrui.

Les brigands mexicains avaient encore besoin là d'une correction. Ils l'ont.

2 Avril, 1864.

"Jeune et candide, dit le professeur de civilisation Bonhomme devant la cour, car sa chaire est une sellette, j'ai quitté les basses Alpes,"—autre Suisse, les monts sont âpres,—" et je suis venu au Méxique en '55, avec mes économies et 2,000 francs de ma famille. J'ai créé par association un établissement qui est devenu le premier du pays. Sous le vent de la fortune et dans l'intérêt de l'humanité, j'ai fondé un petit Mont-de-Piété et une banque tout à l'avantage du public." Tout en s'enrichissant à l'avantage du public, Bonhomme travailla de plus en plus dans l'intérêt de l'humanité. L'ardeur de sa modération politique, qui valait la candeur de son honnêteté privée lui fit obtenir de l'empire la fourniture d'habillement des troupes mexicaines pour le prix de 250,000 francs. Par malheur, notre jeune Ouvrard se trompa de plus de moitié dans son opération, mais dans la fourniture seulement; c'est-à-dire qu'il reçut la somme entière et ne livra que 106,000 francs, d'effets vérifiés. Ce qui est pire encore, erreur n'est pas compte, c'est qu'il refusa de partager l'erreur comme son ami Jecker. Elle n'était pas si grosse, il est vrai, et ce fut son excuse; mais ce fut aussi ce qui lui fit gagner une autre marque que la croix d'honneur…cinq ans d'emplois forcés.

Devant la sentence de Bonhomme, tout Mexicain peut donc répéter le mot du naufragé rencontrant une potence: "Dieu! merci, me voilà en pays civilisé."

Ce n'est pas tout. Nous passons un décret de fausse monnaie et de banqueroute, obligeant les brigands à recevoir les assignats de l'état, mais à lui payer l'impôt en bel et bon argent. Bagatelle! Nous avons mieux!

Au-dessus de la probité publique et privée plane le sentiment d'humanité, le devoir de charité, l'instinct de pitié qui sauve la vie du vaincu, épargne le prisonnier et respecte l'ennemi à terre, sentiment connu même des payens, ce qui distingue l'homme des Marquez. Autre folie, donc autre douche des mêmes aux mêmes.

Le gouverneur de Zacataras, M. José Chavez, commandant 400 hommes et deux pièces de canon, fut fait prisonnier, après avoir été blessé de plusieurs coups de lance, pendant le sommeil de sa troupe. Cent de ces soldats furent tués tous endormis; sept de ses officiers et lui furent transférés à Zacataras; et là il fut exécuté, c'est-à-dire assassiné. Le jour même, le 4 Avril, '64, il écrivait cette lettre:
"Chère femme,

"Je meurs pour avoir voulu défendre l'indépendance de mon pays. Je ne crois pas avoir commis de crime en agissant ainsi. S'il en était autrement, Dieu, juge des intentions, me pardonnera. J'ai confiance en lui.

"Femme bien-aimée tu as toujours été la consolation de mes peines. Sois maintenant, plus que jamais, la femme forte de l'écriture! reste pour garder et soutenir tous les miens après moi. Reçois tout mon cœur et partage-le avec ma mère et mes enfants."

José Chavez a été fusillé ensuite. Il n'est pas dit si les vainqueurs emportèrent sa chevelure. On s'arrête d'horreur! Nous ne nommerons pas ces héros pour les punir. Mais ce n'est pas Marquez par malheur pour le nom français. Que le sang de Chavez et de ses nobles compagnons retombe sur la tête du responsable, de celui qui a voulu et fait cette guerre et par de tels moyens, qui déshonore le plus pur dévoûment, punit le plus saint des devoirs, la défense de la patrie!... Et ils s'étonnent que leur empire n'ait pas été défendu et que leur personne soit attaquée et que la bourre des fusils qui tuent les Chavez recharge les pistolets de Picnori!

En attendant les exécutions continuent. Les jaloux du Léopard assassinent les prisonniers, incendient les villes rendues, exterminent tout ce qui ne veut pas être régénéré.

" Ainsi seront traités tout homme et tout village qui continuent à fomenter la révolution dans un pays qui ne demande qu'à être tranquille," dit la proclamation d'un capitaine sur les cendres d'une ville de cinq mille âmes. Et pour comble de civilisation, ce même capitaine non content d'un terrorisme qui tue et brûle tout ce qui résiste, non content d'une inquisition qui veut l'affection forcée et la fonction obligatoire, ce capitaine Dupin, nous nommons celui-là, puisqu'il s'est nommé lui-même par sa signature, ce futur maréchal imagine un décret dépassant et contenant tous les autres, le faîte et le fond du régime, réprimant non seulement les actions, mais encore atteignant la pensée, frappant jusqu'à l'âme, violant la conscience qui n'appartient pas à César... Après le vote universel voici le serment universel! Par ce décret prodigieux, un peuple entier est assermenté comme un seul député. " Tout Mexicain prêtera serment à ce qu'il a voté. Les réfractaires au serment seront déportés à la Martinique." Après les forçats du pouvoir, les forçats du serment... la fidélité ou la mort! Le volé contraint de prêter serment au voleur! Ce décret manque dans la caverne de Gil Blas.

Nous devons être les maîtres, parceque nous sommes les plus civilisés.

Si, après cela, le Mexique n'est pas accompli ce sera sa faute! Il est désespéré. Il aura eu à son service toutes les leçons et tous les docteurs de l'art, les entrepreneurs d'empire, de fourniture, d'assassinat, de mont de piété, d'incendie, de fausse monnaie, de banque et de banqueroute, de vote et de serment universel, de transportation et de régénération. Dans ces détails du crime qui sont une forêt de crimes, dans ces moyens tous dignes de la fin, il ne manque rien pour l'édification de la victime, aucune des circonstances aggravantes qui impriment à jamais la leçon dans l'esprit de l'élève; il ne manque rien, ni l'odieux ni le ridicule, ni le grotesque ni l'horrible, gravés pour toujours en traits de fer et de feu, de sang et de boue. Il y a tout dans ce pandœmoninm et les meilleurs exemples, depuis les coups d'état jusqu'aux coups de bourse, et les plus grands maitres depuis Jecker jusqu'à Forey, depuis Bonaparte jusqu'à Bonhomme.

III.

CRIME DANS LA FIN.

QUEL est le résultat maintenant? que pouvait-il être? Quelle est la fin du crime? Crime comme les moyens et l'intention. Puisque le succès légitime tout, voyons s'il y a succès. Mais d'abord, si quelqu'un en lisant ces faits qui ne peuvent être démentis, n'a pas ressenti la vive douleur que nous ressentons à les écrire, s'il n'est pas relevé comme nous aussi par une foi vive dans la justice future de leur rétribution, qu'il s'arrête. Il n'a pas le sens humain et ne comprendra pas nos conclusions. Si les conséquences de telles actions pouvaient être heureuses, il n'y aurait plus de moralité au monde, ni humaine ni divine. Il faudrait se faire Manichéen ou plutôt Indou, ne croire qu'au mal, adorer Siva et lire sa bible dans le *Times*.

Voyons donc si le coupable a réussi, s'il a réalisé son idée, atteint son but, c'est-à-dire détruit une république, fondé un empire, arrêté la race saxonne, fortifié la race latine, augmenté l'influence française et rapproché le Rhin?

Pas tant de gloire pour tant de crime!

Rien n'étant absolu ici-bas, le bien sort parfois du mal et le mal du bien. Mais l'empire est ce qui tient le plus de l'absolu, pour le mal seulement, et cette fois comme toujours pour le mal de tous, Mexique et France, dynasties et races, empereurs et peuples. Admettons que les plus hautes raisons se soient mêlées aux plus basses dans la conscience du coupable, que l'empire ait voulu le bien de tous avec le sien; nous avons déjà vu qu'il ne l'a pas voulu; nous allons voir maintenant qu'il ne l'a pas pu, et qu'il a tout manqué, le généreux comme l'égoïste de son but.

C'est sans doute une noble idée que de vouloir au nom du principe sacré de l'unité humaine, relever tout peuple tombé, quelle que soit sa race. Et bien que la réorganisation d'un peuple dépende moins de la force qu'on lui prête que de l'exemple qu'on lui donne, néanmoins la force peut lui être bonne à quelque chose. Aussi nous sommes loin d'adopter la devise anglaise de soi pour soi. "Il se faut entr'aider, c'est la loi de nature," a dit le plus français des poètes. L'unité de l'espèce et du droit nous fait un devoir de la solidarité, par conséquent de l'intervention. L'humanité entière n'étant qu'une même grande famille, à membres inégaux de force et non de droit, le principe de fraternité lie les grands envers les petits. Ainesse oblige. C'est ainsi que la France a aidé l'Amérique, la Grèce et la Belgique sous les Bourbons, et tous les petits peuples sous la République. Il n'y a que sous l'Empire qu'elle n'a aidé personne, mais asservi tout le monde, à commencer par elle.

Descendons l'unité d'un dégré.

C'est sans doute encore une noble idée que de grouper au moins une race, d'aider, par exemple, les membres défaillants de la race latine qui incarne le mieux ce principe nécessaire d'unité ou d'égalité, de la rallier autour de la France qui en est la force à cette heure, comme l'Angleterre est la force de la race saxonne et de son principe non moins nécessaire la liberté ; d'équilibrer ainsi, de concilier, de conserver les deux forces, les deux races, les deux principes qu'elles représentent, d'accorder comme l'ont voulu nos pères dans leur grande synthèse, la liberté et l'égalité, sans en sacrifier aucune, maintenues l'une et l'autre dans une juste balance par l'esprit le plus opposé à l'empire, l'esprit de fraternité.

Descendons plus bas encore, sur le terrain même des patriotes impériaux

C'est encore une noble idée que de vouloir la France une et forte, reprenant pour sa mission dans le monde, pleine possession d'elle-même, reprenant ses frontières naturelles, recouvrant ses membres perdus, rétablie entre les Alpes et le Rhin, comme fut la Gaule sa mère, comme a été la France républicaine, mais comme a cessé d'être la France impériale.

Mais empereurs et papes, Césars du temporel et du spirituel, séparés ou réunis, qui ont toujours voulu exploiter pour leur compte ce généreux principe de notre race, ne peuvent rien faire de tout cela, pas même l'unité du moindre dégré. Ils aboutissent toujours contrairement à leur but. A part l'égoïsme de leurs vues, ils prétendent établir par la force et la foi ce qui ne peut l'être que par la science et la liberté qu'ils nient, et qui de Luther à Blücher a prévalu contre la fausse unité des grands empires et des

grandes églises, des grandes armées et *armadas*, des grands
providentiels tombés dans l'eau.

~ Puis, par quelle coupable et funeste routine tous nos avides
et aveugles maitres, Bourbons et Bonapartes, ont-ils tenté
d'élever la France en opprimant la race latine au lieu de la
défendre, nous aliénant ainsi nos alliés naturels et les rejetant
aux mains de l'Angleterre, les abattant et nous abattant nous-
mêmes au profit de la race saxonne, toujours, en 1812, 1823,
1862 ? L'Angleterre n'a jamais fait la même faute. Elle
n'a jamais attaqué l'Allemagne, pas même pour l'amour du
Danemarck. Il est vrai qu'elle n'a pas eu de César, tandis
que la France en a eu plusieurs, Charlemagne, Louis-le-
Grand, Napoléon-le-Grand,...ceux qui montent sur les
autres sont toujours grands,...et leurs peuples toujours heureux. Comme dit la préface d'un livre tué par Labienus :
" Heureux les peuples qui suivent les Césars !" Heureuse
en effet la France d'avoir suivi le plus providentiel de tous
à Baylen, à Moscou, à Leipsick et à Waterloo !

Heureuse France d'avoir été abandonnée là par lui sur
le champ de bataille, avec tout ce qu'il a laissé dans sa suite
pour le musée Tussaud, épée, chapeau, manteau, drapeau !
Heureuse France d'avoir été restaurée, possédée deux fois
en un an, dépouillée, démembrée et quittée par les vainqueurs quand et comment ils ont voulu, emportant son
sang, son or, ses œuvres, ses droits, ses membres et son empereur ! Quelle réplique à l'homme de Brumaire ?
"Qu'avez-vous fait de mes victoires, etc. ?" Chantez,
Béranger ! Juste retour des choses d'ici-bas ! Les plus
glorieux furent les plus humiliés ; les plus vainqueurs, les
plus vaincus Le seul peuple qui eût forcé toutes les capi-
tales de l'Europe, ramena toute l'Europe dans la sienne.
Le seul peuple qui eût été chassé par tous les autres de
leur pays, Russie, Espagne, Allemagne, ne put, grâce à
l'empire, chasser personne du sien. A force de lui faire
voir tout dans un homme, il lui sembla qu'avec la perte de
l'homme tout était perdu. L'abdication même fut un dernier acte d'orgueil et d'insulte. Sans lui la France ne
pouvait plus que se rendre ! Elle se rendit en effet, non
parce qu'il avait abdiqué, mais parce qu'il avait régné.
Un peuple qui ne respecte pas le droit d'autrui, apprécie
mal le sien. Un peuple qui ne défend pas sa liberté, défend
mal son indépendance. Déshabitué de la résistance pour ce
premier des droits, il n'a plus l'invincible énergie qu'il faut

pour garder les autres. Une fois qu'il l'a cédé à la force, il perd bientôt tout le reste ; il passe aisément d'un maître indigène à un maître étranger ! Et il nons faudrait aimer l'empire, garder ce bonheur ! Son bonheur vaut son honneur !...Le fondateur de l'empire avait voulu plus qu'un autre, régénérer la race latine, France, Espagne, Italie et par elles imposer de force son idée au monde. Qu'en est-il résulté? Sa chûte, la mort de trois millions d'hommes, l'épuisement des Latins, l'abaissement de la France, dont elle ne s'est pas relevée, et en somme le triomphe de la race adverse, dans son représentant le plus hostile, le plus anti-français, l'aristocrate anglais. L'Anglo-saxon est resté le plus fort, parce qu'il était le plus riche, et le plus riche parce qu'il était le plus libre.

Le passé nous dit le présent. Le corbeau ne réussira pas où l'aigle a échoué. 1862 aura son Baylen comme 1812.

En effet le Mexique est-il bien régénéré, restauré, pacifié à cette heure ? L'empire y est-il bien vif et la république bien morte ? Maximilien se porte-t-il bien ? Son trône a-t-il poussé racine dans ce tuf sans traditions monarchiques ? Est-il aussi bien venu que celui du patron dans cette France, où il faut renouveler le plant tous les quinze ans après quinze siècles de royauté. Voyons, comment va l'empire mexicain ? Encore plus mal que l'empire français. En dépit, ou plutôt à cause des bulletins du *Moniteur* sur sa santé, le doute est permis. On sait à quoi s'en tenir sur la parole de cet évangile. D'ailleurs on ne dit rien des gens qui se portent bien. Maximilien va donc mal. Nul n'est bien assis, a-t-on dit, sur des bayonettes ; à plus forte raison, sur des bayonnettes étrangères. C'est un vilain siège qu'un trône ainsi rembourré ; et c'est le sort des tyrans d'être entouré de satellites armés. Qu'est-ce qu'un élu du peuple qui a besoin d'une garde impériale? Qu'est-ce qu'un empire national qui a besoin de soldats étrangers ? Qu'est-ce qu'un empire mexicain qui a besoin de soldats français, belges, allemands, turcos, égyptiens, de soldats de toute sorte, excepté de mexicains. Comment donc ?...Les soldats ordinaires même ne lui suffisent pas. Il faut lui envoyer jusqu'à des soldats de police, des gendarmes pour le garder comme un voleur.

Tout cela prouve que la position est précaire, et que décidément Maximilien est empereur par la grâce de Dieu et la volonté étrangère.

Son trésor n'est pas plus rassurant que son armée. Le

Mexique aujourd'hui a plus de dépenses et moins de recettes que jamais. Les restaurations se payent cher. Il en coûte d'être malade; il en coûte d'être traité. Les médecins, les grands surtout, suisses ou autres, les pharmaciens, les garde-malades, tous les matassins de l'idée ne se donnent pas pour rien. Puis la convalescence…Il s'agit de suivre un régime dispendieux, liste-civile, cour et courtisans et tout ce qui s'en suit, indemnité d'émigrés, pensions et gratifications d'officiers, nous y avons passé, le tout joint aux frais ordinaires, aux tours de bâton et mémoires d'apothicaires double pour le moins le budget. Suivant le ministre des finances actuel, le budget de l'empire ne sera pas moins de 150 millions, quand la république n'a jamais pu en avoir un de plus de 80 millions. Et le Mexique à présent est partagé en deux, une moitié occupée militairement et l'autre révolutionnairement, ce qui n'augmente pas ses resources. Si bien qu'il faut engager l'avenir pour soutenir le présent, qu'il faut emprunter 300 millions, et à un taux usuraire, et que l'emprunt même à ce taux ne se couvre qu'à demi et que la rente est tombée de plus de trente pour cent. C'est là le pouls de l'empire à l'heure qu'il est; de 50 à 60 pulsations. Aussi Maximilien ne sait plus à quel Saint ou Suisse se vouer? Il invoque à la fois Notre Dame de la Guadeloupe et les hommes de la révolution. Helas! oui, au grand scandale de Rome, il est forcé de faire comme vous, de révolutionner les biens de l'église qui crie à l'ingratitude, au sacrilège, retire son nonce et sa bénédiction et parle même d'excommunion…Le fils aîné de l'église, qui aime sa mère pour ce qu'il en peut tirer, envoie au Mexique le financier Langlais et deux bons chrétiens comme lui pour assurer sa créance sur l'expropriation. Tant il est vrai que les empereurs ne peuvent faire autrement que les brigands en cette affaire, et que vous avez été remplacé pour cause de démocratie seulement. Enfin dernier trait de finance et de morale, pour achever de peindre le tableau par un de ces coups de pinceau sublimes qui épuisent toutes les épithètes de Mde. de Sevigné, la première petite dette, celle qui a été le prétexte de cette grande guerre, la pauvre dette, non des millions mais des centimes, cette misère de 900,000 francs ne peut pas même être payée aux créanciers. Le *Moniteur* du Mexique propose la *régénération* des créances. Vous verrez que c'est vous, brigands républicains, qui aurez à les payer !

Nous l'espérons bien.   Vous êtes encore le seul gouvernement légitime et sérieux du pays. Vous occupez les
ports, vous maintenez votre administration, vos alliances à
l'extérieur, tandis que ce fantôme d'empereur n'est pas
même reconnu de ses plus proches voisins, n'ayant d'allié
qu'un créateur lointain contre un ennemi tout près et
plus fort que jamais. Vous avez, vous, une armée nationale, ni turcos, ni zouaves, vos guérillas mexicaines, fidèles et obstinées comme leur digne chef Chavez, de cette
obstination du droit qui arme les femmes de Saragosse, al-
lume le feu de Moscou, rompt les digues de Hollande et
refait les Thermopyles dans le bois de l'Argonne. Vous
combattez pour la sainte cause, avec l'amour sacré de la
patrie qui resserre et réduit de plus en plus l'étranger à une
ville, à un palais et bientôt à un radeau. On dit que depuis la victoire de Grant, Maximilien renonce ; qu'il a
fait sa malle, comme son beau-père, le Nestor belge, a fait
la sienne après le 2 Décembre. Quoiqu'il en soit, vous
pouvez parier à coup sûr votre chapeau de président contre
sa couronne d'empereur, que malgré tout ce qu'il a maintenant d'empire et de régente, il aura plutôt un enfant
qu'un trône dans un an d'ici. Il peut faire mieux que sa
malle, faire son cercueil, cercueil d'empereur s'entend,
comme son aïeul Charles-Quint, et s'en retourner à Miramar,
pour vivre comme lui en moine horloger et gouverner les
pendules après les hommes.

Voilà pour l'empire du Mexique ! Quant à celui de
France...A chacun suivant ses œuvres ! Une autre fin
l'attend, car il n'est pas que recéleur. Le voleur de souveraineté doit compter, non sur le couvent de St. Just, ni
même sur la balle de Mallet ou la bombe d'Orsini, mais sur
la justice du souverain qu'il a lésé. Le tueur de trois républiques est maintenant face en face avec la quatrième,
offensée, provoquée, menacée, à l'état de légitime défense
par cette lâche agression, maîtresse maintenant de ses
forces, victorieuse de sa guerre civile et jalouse de son sol
comme de son droit. L'ennemi, l'ami de l'ennemi, était
venu sournoisement à l'heure de sa crise, épiant et guettant
l'occasion de la frapper, excitant contre elle les rancunes,
les envies et les craintes de l'Angleterre. Il espérait entraîner ainsi l'alliée contre elle. Il attendait la défaite du
Nord pour intervenir en faveur du Sud. Il avait un pre-
mier-consul tout prêt, le héros malheureux de Run-Bull,
un César à la coque, qu'il avait fait couver par l'aigle

grasse du palais-royal. Mais Grant aussi pur que fort, un vrai diamant, avec sa victoire pour l'Amérique et l'Europe, pour les républiques dans les deux mondes, pour les deux races, la nôtre et la sienne, pour l'humanité tout entière, a définitivement tranché la question. Bonaparte a été vaincu avec Davis. La grande démocratie a dit au tyran : tu n'iras pas plus loin ! Défense de déposer des empereurs auprès de la république !

Et déjà le flot baisse, remportant bientôt ce qu'il avait apporté. Depuis quinze ans que cette marée impure monte toujours, c'est la première fois qu'elle s'arrête, et que nous avons pleinement lieu d'espérer ! Le droit a triomphé enfin. Le bon Dieu s'est réhabilité. Que va faire Siva ? Il sait que le Nord ne peut rallier entièrement le Sud qu'avec la doctrine Monroe. Que va-t-il faire ? Nous tremblons ! Son drapeau, a-t-il dit, ne reculera pas ! Dieu veuille qu'il recule, que la crainte remplace le remords dans ce qui lui reste de conscience, qu'il ne jette pas la France contre l'Amérique, la mère contre l'enfant ! Si juste que soit une autre fin pour lui, qu'il finisse plutôt sur son trône, ou qu'il aille en paix avec Maximilien tyranniser les horloges ! Une guerre de la France avec l'Amérique ! Grand Dieu ! Ah ! Soyons avares de ce sang français pour ce qu'il représente dans le monde, pour ce principe d'égalité humaine qui vit en lui, qui fléchirait et tomberait avec lui ! Si la lutte du premier empire contre l'aristocratie saxonne a coûté deux millions d'hommes aux Latins, que ne couterait pas la guerre du second avec l'Amérique, la démocratie de la race, l'Angleterre plus libre, plus jeune, plus vive, plus forte de tout ce que le principe républicain a de plus vigoureux que le monarchique ? Mais rassurons-nous ! le Terme reculera. Il est moins têtu qu'il ne le dit. C'est un empereur très chrétien, après tout. Il pardonne volontiers aux plus forts. Il entend raison quand il faut. N'a-t-il pas fini par baiser la main d'Hudson Lowe ! N'a-t-il pas oublié le legs d'opprobre à la maison régnante d'Angleterre ? Ne trinque-t-il pas aujourd'hui même à bord du Wellington ? N'a-t-il pas reculé en Crimée malgré l'alliée ? N'a-t-il pas reculé après Solferino devant la Prusse ? N'a-t-il pas reculé devant l'Allemagne pour le Danemark ? Ce champion des nationalités, qu'a-t-il fait pour la Hongrie ? Il a déshonoré Kossuth et reculé. Qu'a-t-il fait pour la Pologne ? A son propre, à son éternel opprobre, il a reculé. Que fait-il pour la France même, pour ce traité de

1815, le vrai traité, celui qui repose sous la patte du lion anglo-belge ? Il n'y va qu'en reculant. Il ne marche pas autrement devant les forts. Il avance avec la Chine. Il reculera donc devant l'Amérique. Et il fera bien. Il conseillera l'abdication et l'horlogerie. Mais, qu'il recule ou non ! C'en est fait du rêve ; adieu le but, adieu le Rhin !

Tôt ou tard, l'Amérique, avec le droit pour elle, avec l'élasticité de ses forces, des armées aguerries et des chefs éprouvés, avec l'immense avantage de la proximité, l'emportera sur lui, bon gré, mal gré. La race saxonne délivrera le Mexique du neveu, comme elle a débarrassé l'Espagne de l'oncle. C'est inévitable ; et c'est ainsi que l'empire aura pour la seconde fois, relevé la race latine et rétabli l'influence de la France ! Et c'est ainsi que le Rhin fuit de plus en plus ; et que le coupable, pour premier châtiment, manque tous ses lièvres à la fois !

Quoiqu'il fasse, il s'est empêtré, Dieu merci ! Pris à la fin dans sa dernière proie ! Plus avide de bec que fort de serres, il n'en sortira pas. Il a beau maintenant redoubler d'intrigues, de visites, de caresses armées aux escadres anglaises, manigancer des congrès, etc., tout est dit. L'Angleterre, qui a sur le cœur l'idée de la Savoie et l'abandon du Danemark, fait la sourde oreille pour attaquer l'Amérique, et grâca au traité de Cobden, est plus riche que jamais pour défendre le Rhin. En haine et crainte du bonheur de l'empire, les sœurs latines, l'Italie et l'Espagne se retirent de la France pour repasser encore à l'ennemi. L'Espagne reconnaît l'Italie, sans condition, pas même celle du traité de Zurich ; et toutes deux vont à l'Angleterre qui rendrait Gibraltar à un Saxon, au Cobourg portugais fait roi d'Ibérie. L'église, qui a déjà payé la Savoie de son patrimoine, irritée de la saisie de ses biens au Mexique, autant qu'effrayée du triomphe du Nord, rompt son marché pour le vote de ses Rhénans. La Belgique renouvelle sa loi contre les étrangers, c'est-à-dire contre les missionnaires de l'annexion. Il n'est pas jusqu'à la Hollande qui ne célèbre pour la première fois l'anniversaire de Waterloo. Fête touchante, heureux souvenir que les sujets ont gardé du César Louis ! Enfin l'Autriche, que dire de cet oiseau à tête double ? avec le Mexique elle n'était déjà pas si sûre. Elle pouvait bien sacrifier un frère, quand elle a sacrifié si romainement une fille. Mais sans le Mexique, elle sera toute patriote, toute allemande avec sa part de l'os danois, toute prête pour une neuvième coalition. Il faut donc, en résultat, ou risquer à son tour une régénération, ou se passer du Rhin !

La France sera toujours assez grande si elle est assez libre. Ceux-là seuls qui la veulent libre, la veulent grande. Grandeur et force ne sont ni dans les Alpes ni dans le Rhin, ni dans les *corps* ni dans les flottes, mais dans le droit et dans la liberté. Il faut certes des conditions de matière pour les manifestations de la vie ; mais un peuple pas plus qu'un homme ne se mesure à la taille ni à la terre. Un grand propriétaire n'est pas un grand homme. Un géant non plus. Autrement le Russe serait le plus grand des peuples. M. de Rothschild serait plus grand qu'Homère ; et un tambour-major plus grand que César. Un peuple comme un homme, faut il le redire ? oui, pour les plus sourds, un peuple n'est vraiment grand que par son verbe et ses œuvres, par l'emploi de ses plus hautes facultés naturelles et acquises, c'est à dire par la liberté. Sans la liberté les plus grands sont les plus petits ; par la liberté les plus petits sont les plus grands. Les vingt mille citoyens libres de la petite république d'Athènes ont plus fait pour l'honneur de l'humanité pendant cinquante ans que les vingt millions d'esclaves du grand empire perse pendant cinquante siècles. Le petit peuple de Moïse qui tout mort qu'il est, régit encore le monde religieux, était libre quand il fit son Livre. Et sans aller si haut ni si loin, La Suisse, moins Jecker, avec ses deux millions d'hommes les plus libres et les plus heureux de l'Europe, unis malgré leurs trois langues en une seule république, prouvant ainsi l'unité de droit dans la variété de sang, prouvant de fait que toutes les races européennes, latines ou saxonnes, sont également mûres pour la liberté, ne nous donne-t-elle pas le plus grand exemple par le plus petit peuple ? Qu'importent à la Russie son septième du globe et ses soixante millions de serfs, si elle n'a pas un homme, excepté en exil ? Qu'importent à la Chine ses trois cents millions d'enfants ! Que sert enfin à la France d'avoir une montagne et un fleuve de plus, si elle a toujours la liberté de moins ? La France n'y gagne pas et les autres y perdent. Mais en supposant qu'ampleur soit grandeur, la France, esclave à présent, repousse au lieu d'attirer. C'est là le résultat final de cette politique de crime. Ce n'est pas une peccadille de déshabiliter la nation française. Si l'homme tend à former des groupes de plus en plus larges pour agrandir sa vie, pourquoi le Rhénan ou le Belge s'annexerait-il à l'empire pour amoindrir la sienne ?

Phénomène monstrueux ! Dire qu'à cette heure, pour le moindre Européen le titre de Français n'est pas promotion, mais dégradation. Dire qu'un Savoyard déroge en devenant Français ! En effet, loin de s'élever il descend ; il tombe de trois ou quatre dégrés de la vie sociale. Citoyen du Piémont, il avait les grands droits politiques de penser, parler, écrire. Sujet de la France, il en est déchu. La province de Savoie n'est plus capable en devenant département de Savoie. Pourquoi ? Tous les Français sont égaux devant la loi, et la loi des Français c'est le silence. L'Italien, qui n'était pas même monté à l'état de peuple, qui nous doit ce qu'il a de nationalité, que nous avons libéré par nos armes, est au-dessus de ses libérateurs. Le peuple pupille a presse, tribune, association qui manquent au peuple tuteur. C'est comme Paris et Lyon qui n'ont pas le droit d'élire leurs conseils, droit que possèdent Pontoise et Nantua. Plus on mérite, moins en obtient, et tout est à l'envers dans cette France impériale tombée au dessous des nations les moins libres de l'Europe, au dessous de la Russie qui a du moins trois *avertissemens*, au niveau des orientaux et pontificaux de la vieille Egypte, des nations impubères ou séniles que gouvernent les guerriers et les prêtres, au niveau des nègres, non, ils ont chassé Faustin !

La France est malade, dit son *médecin malgré elle*; malade comme le Mexique...un peu mieux après quinze années de soins, mais voulant encore du ménagement. Elle a abusé de la pensée et de la parole. Et c'est ce qui fait qu'elle est muette ! Mais en revanche, quel exercice, quelle gymnastique pour rétablir ses nerfs ! Quand on est malade, ordinairement on reste chez soi, on se couche, on garde la chambre et le lit, on se soigne enfin. Ah ! bien oui, la pauvre patiente, sur l'ordonnance de son étrange Purgon est toujours debout et toujours dehors. Il lui faut sortir et courir le monde, coiffée d'un casque, portant cuirasse, attrapant chaud et froid à Rome, en Crimée, en Syrie, en Lombardie, au Japon, au Mexique, en Chine et Cochin-Chine, purgeant et saignant et soignant les autres pour sa santé. D'accord ! Mais quelle attraction un tel régime, régime d'hôpital et de caserne, peut-il avoir pour ceux qui se portent bien, c'est-à-dire qui vivent en paix et en liberté ? Donc, l'empire, malgré ses prétentions de faiseur d'unité partout, exerce une action centrifuge, dégravitante sur les parties mêmes de notre propre systéme. Donc la France ne peut refaire même sa propre unité sans la liberté.

Donc le Rhin s'éloigne toujours. Il ne viendra jamais s'enchaîner de plein gré. Il n'y viendra que de force, s'il y vient. L'empire peut mener, sans doute, la France au Rhin, mais au risque de ramener encore l'Europe à la Loire. Il sait bien qu'il doit à la France ce Rhin qu'il lui a fait perdre ; mais il sait aussi qu'on ne peut le reprendre que par la liberté ou la conquête. Or, la liberté c'est la république et la conquête c'est l'invasion.

Voilà le désespoir ! Aussi le médecin est-il mécontent et inquiet, malade même, plus malade que la France et le Mexique, malade d'esprit comme de corps, de ce mal Césarien, mal de la conscience en lutte contre le droit, de *l'unique* volonté en lutte contre l'impossibilité. Il voit de plus en plus l'impuissance et de moins en moins l'impunité de son crime. Le pressentiment de l'avenir le trouble. Évidemment il a perdu son calme néerlandais ! Agitation et changement, signes de malaise ! et depuis quelque temps, comme Protée, il prend toutes les formes pour échapper aux étreintes de sa responsabilité. Tantôt il fait des livres d'avocat, il est bien bon, et tantôt des lettres de sultan, comme le poltron chante pour se rassurer. Tantôt c'est un parvenu qui a épousé Eugénie pour son bonheur. Il faut des époux assortis. Et tantôt c'est un Auguste, du sang bleu des Dieux, le fils de Vénus et de Jules, né de l'homme de toutes les femmes et de la femme de tous les hommes, un pur César. En Afrique, autre chose, c'est le descendant de Saint-Louis, ni plus ni moins, le successeur même des Capets, le plus légitime, le plus blanc et le plus pur des lys. Il est vrai que dans sa famille, la paternité est si confuse, qu'un Bourbon de plus ou de moins a pu s'y glisser. Il ne faut douter de rien dans le divin. Ses idées d'ailleurs se *dissolvent* comme ses formes. Hier c'était la liberté qui devait couronner l'édifice, aujourd'hui c'est sa volonté. Il avait comme Charles-Quint, essayé aussi du cercueil, tenté l'absence cette répétition de la mort, mis en scène la régence, le gouvernement de la crinoline, comme au bon temps du roi Cotillon. Et malgré cette source d'honneur épanchant ses croix sur chevaliers et chevalières...les rubans vont bien aux dames, malgré le souffleur de la troupe ordinaire M. de Persigny, la pièce n'a pas réussi. On n'a pas tiré le verrou sur l'auteur, mais peu s'en est fallu ! Il y a eu un traître..on n'est jamais trahi que par les siens. Un cousin qui prétend la Corse volée par la Hollande, a, pendant l'absence du maître, achevé le portrait de César, mais à sa ressemblance, le déguisant trop, comme Dubois déguisait le Régent, faisant de l'oncle César un Brutus capable de revenir assassiner le neveu. Quoi, pas même l'unité dans la famille, sire, et vous la voulez dans l'univers ! Et de là cette lettre tonnante qui éclaire tout le système, qui est le bouquet de feu d'artifice, le dernier mot de l'empire à la France. La colère est franche. "Voulez-vous savoir son secret ? disait la Médicis d'une autre discrète comme elle : "mettez là en colère." Le secret du César a éclaté : " La discipline dans l'état comme dans la famille, une seule action, une seule volonté !" L'insolent ! comme si la France pouvait vivre de la vie d'un seul ! Comme si la France avait fait trois révolutions pour le profit d'un seul ! Comme si la France avait écrit de son meilleur sang ses trois grands principes sur le Sinaï de '93, pour qu'il n'y eut de libre qu'un seul français, et quel français ! et pour que tous les autres, les *Hollandais* de Paris et les *Corses* de Lyon, les 40 millions *d'étrangers* natifs du sol, n'y fussent égaux qu'en néant, un tas de zéros derrière un chiffre et sans valeur que par lui ! Comme si cette mère féconde du génie, des Montesquieu, des Mirabeau, des Lamennais ne pouvait plus produire qu'une tête et qu'à l'aide d'une greffe ; comme si dans quarante millions d'âmes il n'y en avait plus qu'une capable de penser, parler, agir. Comme si une cervelle pouvait les remplacer toutes ; comme si la France pouvait tenir dans un homme, la mer dans un pot !

Le digne successeur du grand égoïste Valois, le grand Bourbon a dit : " L'état c'est moi !" Louis XV., qui n'était pas tout-à-fait grand, a dit : "Après moi le déluge !" et plus grand que tous, le grand Bonaparte a dit : " Moi avant l'état !... Vous vous devez à moi d'abord, à la France ensuite !" Le fils a hérité de ce mot dit à son père par son oncle. Il nous l'a signifié : "Dans la famille comme dans l'état une seule volonté,"...avec celle du pape pourtant. L'oncle y est mort à la peine. Le neveu est malade ; et comme en définitive la France ne peut vivre de la vie d'un seul, il faut qu'elle meure ou lui ! L'épreuve a été faite. La France a la vie plus dure qu'un homme. Cette fois encore, ce n'est pas elle qui mourra. Non, le monde, le latin pas plus que le saxon n'est pas condamné. Il y a du bien et du mal partout. S'il produit des Davis, il produit Lincoln ; s'il produit des Almonte, il produit Juarez ; s'il produit des

Bonaparte, il produit Garibaldi.   Espérons donc ... On connaît les intermittences de notre peuple, ses torpeurs et ses sursauts, ses bonds de lion réveillé.   Tout présage la fin de son sommeil, la fin de la nuit.   Le fief Morny, l'Auvergne même se remue.   Espérons que bientôt le jour, le même jour délivrera Paris, Rome et le Mexique.   L'homme dont nous avons eu l'honneur de partager l'exil pour la question romaine, disait naguères : "le temps de la Justice est proche."   Tout porte à le croire.   Si boiteuse qu'elle est, elle marche, elle avance, elle arrive enfin !   Elle a déjà atteint Davis qui sait maintenant ce que c'est qu'une chaîne.   Comment donc n'atteindrait-elle pas le plus chargé, le plus coupable ?   Elle ne s'arrêtera plus..   Le négrier des blancs ne lui échappera pas plus que l'autre ! Croyons à la Justice comme à la colère du Tyran !   L'édifice restera découronné. Soit ! Mais l'architecte sera tôt ou tard comme l'édifice ! Complication de crimes inouis par intention, moyens et fin ne le sauvera pas ! Réitération et récidive ne le sauveront pas.   En un seul règne trois crimes de lèze-nation, c'est plus qu'il n'en faut pour être mis hors l'humanité.   Trois attentats à la souveraineté de trois peuples et sans bénéfice pour personne, que pour trois maréchaux, Vaillant à Rome, Magnan à Paris et Forey au Mexique !   En vérité, ce n'est pas assez pour le prix, même en comptant les millions Morny.

Il faut à la France quelque chose de plus pour son sang et le vôtre.   Il y a des crimes si grands qu'ils ne peuvent être impunis ni même expiés par la peine d'un seul. Commis contre tous dans l'intérêt de plusieurs, ces crimes de principe, ces crimes dynastiques sont toujours visités par une peine collective et sans pardon. Il y a réversibilité du châtiment comme du profit dans la famille.   La peine retombe sur toute la maison pour le compte de qui le crime est commis.   Il se paie immanquablement jusqu'à la dernière génération, et chez les Latins comme chez les Saxons. C'est le crime des Stuarts qui a été puni non seulement sur la tête de Charles, mais encore dans toute sa postérité.   Et pour conclure par notre temps et notre pays, c'est le crime des Bourbons puni sur la tête de Louis XVI et dans tous ses neveux.   C'est enfin et surtout le crime des Bonaparte. La peine du premier n'exemptera pas les derniers. De mémoire d'homme en France le crime dynastique n'a pas eu de contumace. L'histoire nous dit où a fini le *Colosse*. A la justice de dire où finiront les *Pygmées !*

FELIX PYAT.

Contraste insuffisant

NF Z 43-120-14